이은경쌤의 **초등 글쓰기 완성** 시리즈

구분	1학년	2학년	3학년	4학년	5학년	6학년	중1
글쓰기 습관				Best! 세줄쓰기 초등 글쓰기의 시작			
		전래동화 바꿔쓰기					
				주제 일기쓰기			
독서 습관		기본 책읽고쓰기					
				심화 책읽고쓰기			
글쓰기 심화		표현글쓰기					
				자유글쓰기			
					생각글쓰기		
논술 대비		왜냐하면 글쓰기					
				기본 교과서논술			
				논술 쓰기			
					심화 교과서논술		
평가 대비				기본 주제 요약하기			
					심화 주제 요약하기		
					수행평가 글쓰기		
영어 글쓰기		영어 한줄쓰기					
				영어 세줄쓰기*			
					영어 일기쓰기*		

별표(*) 표시한 도서는 출간 예정입니다.

이은경쌤의 초등 글쓰기 완성 시리즈 교재 선택 가이드

- 앞장의 가이드맵을 보면서 권장 학년에 맞추거나 목적에 따라 선택하세요.
- 〈책읽고쓰기〉〈교과서논술〉〈주제 요약하기〉처럼 기본편과 심화편으로 구성된 경우에는 기본편과 심화편을 둘 다 해도 되고, 권장 학년에 맞추어 둘 중 하나만 골라서 해도 돼요.

몇 학년이든 모든 글쓰기는 〈세줄쓰기〉로 시작해요

글쓰기 습관이 필요하다면?

〈전래동화 바꿔쓰기〉

〈주제 일기쓰기〉

\+

독서 습관이 필요하다면?

〈 기본 책읽고쓰기〉

〈 심화 책읽고쓰기〉

글쓰기 습관과 독서 습관을 모두 갖추었다면?

〈표현글쓰기〉〈왜냐하면 글쓰기〉〈자유글쓰기〉〈생각글쓰기〉

이제 논술과 수행평가를 대비할 차례! 무엇부터 해야 할까요?

논술을 대비하고 싶다면?

〈 기본 교과서논술〉

〈 심화 교과서논술〉

〈논술 쓰기〉

\+

수행평가를 대비하고 싶다면?

〈 기본 주제 요약하기〉

〈 심화 주제 요약하기〉

〈수행평가 글쓰기〉

영어도 대비하고 싶다면?   〈영어 한줄쓰기〉〈영어 세줄쓰기〉* 〈영어 일기쓰기〉*

별표(*) 표시한 도서는 출간 예정입니다.

이은경쌤의
초등 글쓰기 완성 시리즈

기본 3-5학년 권장

주제 요약하기

글의 **핵심**을 파악하며 **독해력**을 길러요

이은경쌤의 초등 글쓰기 완성 시리즈

주제 요약하기

기본

1판 1쇄 펴냄 | 2024년 1월 10일

지은이 | 이은경
발행인 | 김병준 · 고세규
편　집 | 박은아 · 김리라
마케팅 | 김유정 · 차현지 · 최은규
디자인 | 백소연
본문 일러스트 | 이가영
발행처 | 상상아카데미

등　록 | 2010. 3. 11. 제313-2010-77호
주　소 | 서울시 마포구 독막로 6길 11(합정동), 우대빌딩 2, 3층
전　화 | 02-6953-8343(편집), 02-6953-4188(영업)
팩　스 | 02-6925-4182
전자우편 | main@sangsangaca.com
홈페이지 | http://sangsangaca.com

ISBN 979-11-93379-45-5 (73800)

이은경쌤의
초등 글쓰기 완성 시리즈

기본 3-5학년 권장

주제 요약하기

글의 핵심을 파악하며 **독해력**을 길러요

이은경 지음

상상아카데미

차례

머리말

주제 요약하기를 시작하며   글 잘 쓰는 비법, 궁금하지요?

주제 요약하기, 어떻게 하는 건가요?   주제 요약하기, 왜 하는

건가요?

주제 요약하기를 시작하며

안녕하세요, 작가님!

이렇게 만나서 정말 반가워요.

저는 오늘부터 여러분과 함께 글쓰기를 시작할

'이은경 작가'라고 해요.

글쓰기를 하는 동안

저를 '옥수수 작가님'이라고 불러 주세요.

왜냐하면 저는 여름에 나는 쫄깃쫄깃 찰옥수수를 좋아하고,

옥수수처럼 하얗고 가지런한 이를 가졌고,

글을 쓸 때는 주로 옥수수를 쪄 먹기 때문이에요.

궁금해요!

이곳에 찾아온 우리 작가님은 어떤 분인가요?

개구리 작가님? 수박 작가님? 귀신의 집 작가님?

작가님에 관한 멋진 소개를 부탁해도 될까요?

여러분, 안녕하세요!

오늘부터 글쓰기를 시작할 저는   작가입니다.

                    작가라는 이 멋진 이름은

제가   때문에 이렇게 지었어요.

사실 제 원래 이름은   인데요,

저는   를 할 때 행복하고,

              를 할 때 자신감이 솟는 멋진 학생이랍니다.

역시! 멋진 소개 감사해요, 작가님.

작가님과 함께 글 쓸 생각에 설레는 마음을 가득 담아

글 잘 쓰는 비법을 살짝 공개하겠습니다, 고고!

글 잘 쓰는 비법, 궁금하지요?

옥수수 작가의 글쓰기 비법을 공개하는 시간!

글쓰기를 시작하려 하나요?

이왕 글을 쓰기로 마음먹었다면 분명 글을 잘 쓰고 싶을 거예요.

그렇다면 그 전에 먼저 중요한 한 가지를 생각해 봐요.

도대체 글을 잘 쓰면 뭐가 좋을까요?

사실, 우리의 장래 희망이 모두 작가가 아닌데도

글을 잘 쓰면 어떤 좋은 점이 있을까요?

매일 하는 공부만으로도 힘든데 왜 우리가 글까지 잘 써야 할까요?

그런데 여러분, 이 옥수수 작가가 확실하게 장담할 수 있는 사실이 있어요.

꾸준히 글을 쓰는 것만으로도 조금씩 더 똑똑해지고,

생각이 점점 깊어지고, 발표할 때 자신감이 넘치고,

시험 점수가 올라가기도 하며, 친구들이 부러워할 거예요.

또 나만의 생각을 글로 표현하는 일이 훨씬 쉬워지고,

어떤 수업이든 내용을 차근차근히 이해하는 것이 어렵지 않을 거예요.

이게 바로 글쓰기만의 마법이고 매력이랍니다.

그래서 여러분의 꾸준한 글쓰기를 응원하는 거예요.

글을 잘 쓰고 싶은 우리 작가님을 위한
'글 잘 쓰는 비법 세 가지'를 지금부터 공개할게요!

첫째, 꾸준히 써요.

매일 쓰지 않아도 괜찮아요. 일주일에 하루를 정해 놓고 매주 딱 한 편씩만 글을 써 보세요. 조금만 써도 되고, 재미없게 써도 되고, 글씨가 삐뚤빼뚤해도 괜찮아요. 매주 한 편씩 꾸준히 쓰는 약속을 앞으로 1년 동안 지켜 나간다면 말이죠!

둘째, 꾸준히 읽어요.

잘 쓰고 싶다면, 많이 읽어야 해요. 글쓰기 실력은 얼마만큼 읽었느냐에 따라 결정되거든요. 글쓰기를 일주일에 하루만 하더라도, 책 읽기는 하루도 빠짐없이 하기를 추천합니다! 꾸준한 독서로 문해력과 사고력을 쌓은 실력자가 되어 봐요.

셋째, 글을 자랑해요.

우리 작가님의 글을 가족과 친구, 선생님에게 열심히 자랑해 보세요. 쑥스럽다고요? 처음에는 당연히 그래요. 하지만 오늘 작가님이 쓴 글은 세상 어디에도 없고, 누구도 절대 쓸 수 없는 멋지고 유일한 작품이라는 사실을 잊지 마세요.

주제 요약하기, 어떻게 하는 건가요?

'주제 요약하기'는 긴 글을 짧은 핵심 문장으로 표현하는 것이랍니다.

'많은 내용'을 간결하게 정리하는 것,

생각보다 재미있고 뿌듯한 경험이 되겠지요?

'주제 요약하기'만의 비법을 공개하겠습니다.

만약 제가 여러분에게 책 한 권을 소개한다면,

그 책에서 가장 중요한 부분만 골라서 설명해야 할 텐데,

어떤 내용을 선택할까요?

주인공의 이야기? 책의 핵심 주제? 중요한 사건?

우리는 매일 많은 정보를 접하지만,

그중에서도 꼭 필요한 부분만 기억하고 전달하지요.

그 선택에는 나만의 생각과 판단이 담겨 있고,

요약은 그 판단을 표현하는 과정이랍니다.

'주제 요약하기'는 어떻게 하면 좋을까요?
옥수수 작가의 비법을 전격 공개합니다!

첫째, 핵심만 담아요.

요약은 글의 핵심을 간결하게 정리하는 과정이에요. 긴 글 속에서 가장 중요한 정보나 메시지를 찾아내고, 그것만 골라 쓰는 연습을 해야 합니다. 글의 핵심을 잘 짚어 내는 것이 요약의 첫걸음이에요.

둘째, 불필요한 부분은 과감히 생략해요.

긴 글에는 종종 부연 설명이나 예시가 많을 수 있어요. 요약할 때는 이런 부분들을 과감하게 생략하고, 본질적인 내용에만 집중하는 것이 중요합니다. 길다고 좋은 글이 되는 건 아니니까요!

셋째, 나만의 말로 다시 써요.

요약은 단순히 글을 짧게 만드는 것이 아니에요. 글을 읽고 그 내용을 나만의 말로 풀어 보는 연습을 통해, 글의 의미를 정확히 이해하고 파악할 수 있습니다. 다른 사람의 글을 나만의 언어로 설명하는 것이 요약의 핵심입니다.

주제 요약하기, 왜 하는 건가요?

하는 방법은 잘 알겠는데, 이쯤에서 궁금증이 생겨요.
'주제 요약하기'를 하면 도대체 뭐가 좋은 건가요?

긴 글을 짧은 핵심 문장으로 요약하는 과정은
단순히 문장을 줄이기만 하는 것이 아니라,
'중요한 것만 골라 쓰는' 훈련이랍니다.
우리에게 꼭 필요한 정보를 선택하고 정리하는 과정은
효율적으로 생각하는 방법을 알려 주지요.

요약하면서 생각을 정리하고 표현하는 능력을 키우면
글을 읽을 때 글이 전하는 핵심을 정확히 이해할 수 있고요.
글을 쓸 때 중요한 내용을 빠짐없이 쓰는 실력을 키울 수 있습니다.

'주제 요약하기'의 엄청난 효과를 소개합니다.

첫째, 핵심을 파악할 수 있어요.

긴 글 속에서 중요한 부분을 찾아내는 능력이 생깁니다. 일상에서나 공부할 때 중요한 정보를 빠르게 찾는 데 큰 도움이 됩니다.

둘째, 간결하게 표현할 수 있어요.

글을 짧고 간결하게 표현하는 연습을 하면서 불필요한 말을 줄이고, 꼭 필요한 내용만 담아낼 수 있어요. 이를 통해 논리적인 사고가 가능하고 표현력을 향상할 수 있습니다.

셋째, 문장 정리가 쉬워져요.

긴 글을 요약하면서 내용의 흐름을 정리하는 능력이 생깁니다. 복잡한 정보를 이해하고 간단히 표현하는 훈련을 하다 보면 논리적으로 글을 쓰는 데도 훨씬 도움이 됩니다.

이 책의 활용법

생명체들이 맺는 다양한 공생 관계

【1문단】 자연 속에서 여러 생명체가 함께 살아가며 좋은 영향을 주고받는 관계를 공생 관계라고 부릅니다. 예를 들어, 흰동가리는 말미잘 사이에 숨으면서 보호를 받는 대신 말미잘에게 남은 먹이를 나눠 줘요.

【2문단】 공생 관계의 생명체들이 서로 돕기만 하는 건 아니에요. 한쪽만 이익을 얻는 경우도 포함되며, 어떤 경우에는 한쪽만 이익을 얻고 다른 쪽은 아무 변화가 없을 때도 있어요. 예를 들어, 나무 위에 지어진 새 둥지는 나무에 해를 입히지 않으면서 새에게 안전한 보금자리를 제공해요. 자연에서는 이런 공생 관계가 생명체들이 살아가는 데 중요한 역할을 합니다.

미션1 이 글의 핵심 단어를 골라 보세요.　　공생 관계

미션2 핵심 단어의 의미를 본문에서 찾아 한 문장으로 요약해 보세요.

공생 관계는 자연에서 여러 생명체가 특별한 관계를 맺고 함께 살아가는 관계를 말합니다.

미션3 위 2개의 문단을 각각 한 문장으로 요약해 보세요.

1문단　공생 관계는 두 생명체가 서로 도움을 주고받으며 살아가는 관계예요.

2문단　공생 관계에는 한쪽만 이익을 얻는 경우도 있습니다.

주제

이 글은 여러분이 매일 학교에서 공부할 때 활용하는 교과서에서 출발했어요. 이곳에 담긴 글은 여러 과목의 교과서를 배우는 과정에서 반드시 알아야 하는 핵심 개념만 쏙쏙 골라, 재미있는 이야기로 꾸렸습니다. 교과서 내용이 딱딱하고 어렵게 느껴진다면 이 글을 읽으면서 교과서 속 개념을 천천히, 즐겁게 알아보세요.

미션 1

이 글에서 가장 핵심이 되는 한 단어가 있어요. 핵심 단어를 쉽고 빠르게 찾는 요령을 알려 줄까요? 핵심 단어는 제목에 포함된 경우가 많고요. 지문 속에 가장 많이 등장하는 단어인 경우도 많아요!

미션 2

핵심 단어의 의미를 파악하는 게 무엇보다 중요해요. 다시 한번 핵심 단어가 무엇인지 떠올려 보고, 그 단어를 포함하여 한 문장으로 요약해 보세요. 이렇게 하면 글의 요점을 빠르게 이해할 수 있어요!

미션 3

각 문단의 핵심 내용을 한 문장으로 정리하는건 매우 유용해요. 첫 번째 문단에서는 글의 주제가 무엇이고 그 주제가 왜 중요한지를, 두 번째 문단에서는 주제에 대한 결론이나 주장을 담아 보세요. 이렇게 요약하면 글의 흐름을 한눈에 파악할 수 있습니다!

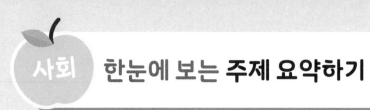

사회 한눈에 보는 **주제 요약하기**

역사

가치

과학 한눈에 보는 **주제 요약하기**

논리

생명

환경

핵심을 찾아가는
주제 요약하기

90

사회 분야와 과학 분야에서
관심이 생기는 한 가지 주제를 골라
핵심 단어를 중심으로 뜻을 파악하고
글을 단락별로 간결하게 정리해 보세요.

'길게 설명하는 것'이 아니라
'핵심만 골라 쓰는' 경험은 자신감을 높이고,
명확하고 간결한 글쓰기의 단단한 바탕이 되어 줄 거예요!

사회

사회

사회는 공통된 문화와 제도, 종교, 가치 등을 함께하는 사람들이 모인 집단이에요. 사회를 움직이는 원리에는 다양한 것들이 있어요. 우리는 국가, 시민, 질서, 경제를 살펴볼 거예요.

문화

문화는 한 사회의 사람들이 공유하는 가치, 신념, 관습, 예술 등을 통틀어 일컬어요. 사람들의 생활 방식과 사고 방식을 형성하며, 사회의 정체성과 다양성을 반영합니다. 우리는 음식, 예술, 의복, 풍속을 살펴볼 거예요.

지리

지리는 지구상의 다양한 장소와 그 특징을 연구하는 학문이에요. 사람들이 어떻게 생활하고, 자원을 어떻게 활용하며, 서로 어떻게 연결되는지를 이해하는 데 도움을 줘요. 우리는 지도, 기후, 생활, 지형, 주거를 살펴볼 거예요.

역사

역사는 과거의 사건과 그에 따른 변화를 연구하는 학문이에요. 우리에게 과거를 교훈 삼아 현재와 미래를 더 잘 이해하도록 도와줘요. 우리는 인물, 문화유산, 사건, 유적지를 통해 인류의 발전과 사회의 변화를 알아볼 거예요.

가치

가치는 사회에서 지켜야 할 중요한 원칙과 태도를 다루어요. 예절, 소통, 존중, 평등, 용기와 같은 가치를 배우면서 윤리 덕목을 익힐 수 있어요. 가치는 우리 주변 사람들과 더 나은 관계를 맺고, 공정하고 따뜻한 사회를 만들어 가는 데 큰 도움이 돼요.

우리 생활을 지키는 공공 기관의 역할

[1문단] 공공 기관은 우리 생활에 꼭 필요한 서비스를 제공하는 곳이에요. 우체국에서는 편지와 소포를 보내거나 받을 수 있고, 경찰서는 우리를 안전하게 지켜 줘요. 도서관에서는 책을 빌릴 수 있고, 공부할 수 있는 공간도 제공하지요. 공공 기관은 이렇게 우리 주변에서 다양한 역할을 해요.

[2문단] 공공 기관은 우리가 사는 사회를 원활히 운영하는 데 필요합니다. 예를 들어 소방서는 긴급한 사고나 화재에서 국민을 보호하고, 보건소는 국민의 건강을 위해 예방 접종과 건강 검진을 제공하지요. 이외에도 경찰청, 법원, 교육청 등 공공 기관이 잘 운영되면 우리 삶은 더 편안하고 안전해져요.

미션 1 이 글의 핵심 단어를 골라 보세요.

미션 2 핵심 단어의 의미를 본문에서 찾아 한 문장으로 요약해 보세요.

미션 3 위 2개의 문단을 각각 한 문장으로 요약해 보세요.

1문단

2문단

내 손으로 바꾸는 우리 동네

[1문단] 주민 참여는 우리 동네를 더 좋은 곳으로 만들기 위해 주민들이 직접 의사 결정에 참여하는 것을 뜻해요. 예를 들어, 마을 공원에 나무를 심거나 깨끗하게 청소하는 것도 주민 참여 활동이랍니다. 서로 뜻을 모아 이런 활동을 하다 보면 지역을 더 살기 좋은 곳으로 만들 수 있어요.

[2문단] 사소한 것부터 중대한 일까지 모든 주민이 참여하는 것이 중요해요. 어린이부터 어른까지 누구나 동네 문제를 해결하는 데 목소리를 낼 수 있습니다. 주민들이 함께 의견을 나누고 활동에 참여할 때, 우리 지역은 더욱 밝고 활기찬 곳이 돼요. 이런 작은 목소리가 모여 큰 변화를 만듭니다.

미션 1
이 글의 핵심 단어를 골라 보세요.

미션 2
핵심 단어의 의미를 본문에서 찾아 한 문장으로 요약해 보세요.

미션 3
위 2개의 문단을 각각 한 문장으로 요약해 보세요.

1문단

2문단

안전한 세상을 만들기 위한 약속

[1문단] 법은 사람들이 서로 다투지 않고 잘 살아가기 위해 만든 약속이에요. 학교에서는 교칙을 지키고, 운동 경기에서는 경기 규칙을 따르듯이, 사회에서는 법이라는 큰 약속을 지켜야 해요. 법이 없다면 누군가 위험한 행동을 해도 막을 방법이 없겠지요. 그래서 법은 모두가 안전하게 생활할 수 있도록 도와주는 중요한 역할을 한답니다.

[2문단] 법은 사람들뿐만 아니라 자연과 동물도 지켜 줘요. 길에서는 질서를 지키도록 신호등과 교통법이 있고, 깨끗한 자연과 환경을 보호하는 환경법도 있어요. 법을 통해 우리는 자연과 조화롭게 살아갈 수 있어요. 법은 안전하고 평화로운 세상을 만들기 위한 중요한 약속이에요.

미션 1 이 글의 핵심 단어를 골라 보세요.

미션 2 핵심 단어의 의미를 본문에서 찾아 한 문장으로 요약해 보세요.

미션 3 위 2개의 문단을 각각 한 문장으로 요약해 보세요.

1문단

2문단

따뜻한 사회를 만드는 시민 의식

[1문단] 시민 의식은 나라를 구성하는 사람들의 생활 태도나 마음 자세를 말해요. 친구가 넘어졌을 때 손을 내밀거나, 친구의 이야기에 귀를 기울이는 것처럼요. 서로를 이해하고 도와주는 마음이 모이면 우리가 사는 세상은 더욱 따뜻해질 거예요. 서로 의견이 달라도 이해하려는 시민 의식이 필요합니다.

[2문단] 학교와 도서관 등에서 차례를 지키거나, 어른들에게 인사를 건네는 것 역시 시민 의식이에요. 공원에서 쓰레기를 주워 깨끗하게 만들거나 길을 묻는 사람에게 친절하게 대답하는 것도 시민 의식을 높이는 작은 실천 가운데 하나랍니다. 이런 행동들이 모여 우리는 더 따뜻한 사회를 만들어 갈 수 있어요.

이 글의 핵심 단어를 골라 보세요.

핵심 단어의 의미를 본문에서 찾아 한 문장으로 요약해 보세요.

위 2개의 문단을 각각 한 문장으로 요약해 보세요.

1문단

2문단

희소성이 있는 것들

[1문단] 희소성은 인간의 욕구에 비하여 세상에 모든 자원이 넉넉하지 않다는 뜻이에요. 예를 들어 친구들과 여럿이 있는데 인기 높은 장난감이 하나라면 장난감이 한정되어 있어 돌아가면서 장난감을 갖고 놀아야 해요. 석유, 석탄 같은 자원도 한정되어 있습니다. 이처럼 희소성이 있는 것은 더 소중하게 느껴져요.

[2문단] 자연에서도 희소성을 찾아볼 수 있어요. 어떤 꽃은 한 계절에만 짧게 피어나고, 어떤 동물을 멸종 위기에 처해 보호가 필요해요. 우리가 쉽게 볼 수 없거나, 가질 수 없는 것들은 더 가치 있게 느껴요. 희소성 덕분에 우리는 소중한 자연과 자원을 아끼고 보호해야 할 필요성을 느낄 수 있습니다.

이 글의 핵심 단어를 골라 보세요.

핵심 단어의 의미를 본문에서 찾아 한 문장으로 요약해 보세요.

위 2개의 문단을 각각 한 문장으로 요약해 보세요.

1문단

2문단

선택의 대가, 기회비용

【1문단】 오늘 점심시간에 친구들과 매점에 간다고 상상해 보세요. 주머니 속에 1,000원밖에 없다면, 이 돈으로 아이스크림이나 과자를 살 수 있겠지요. 하지만 둘 다 사는 건 불가능해요. 여러분이 아이스크림을 선택하는 순간, 과자를 살 기회는 사라지니까요. 이렇게 무언가를 선택할 때 포기한 것의 가치를 기회비용이라고 불러요.

【2문단】 기회비용은 일상에서 자주 찾아볼 수 있어요. 주말에 운동을 하는 대신 집에서 책을 읽으면 운동할 기회가 사라지는 거예요. 날마다 어떤 선택을 하느냐에 따라 기회비용이 달라집니다. 이처럼 우리는 항상 무언가를 선택하면서 다른 기회를 포기해요. 어떤 선택을 할지는 오롯이 우리 각자의 몫입니다.

 이 글의 핵심 단어를 골라 보세요.

 핵심 단어의 의미를 본문에서 찾아 한 문장으로 요약해 보세요.

 위 2개의 문단을 각각 한 문장으로 요약해 보세요.

　　1문단

　　2문단

우리나라의 독특한 음식 문화

[1문단] 각 나라의 음식 문화는 서로 다른 자연환경을 바탕으로 사람들의 지혜가 어우러져 생겨납니다. 우리나라의 음식 문화는 산과 들이 있는 환경과 사계절 기후에 영향을 받았지요. 예를 들어 나물 반찬은 계절마다 산과 들에서 다양하게 나는 여러 나물을 활용하여, 오랫동안 보관하며 먹기 위해 데치거나 말리는 과정에서 생겨났습니다.

[2문단] 음식 문화에는 자연환경뿐만 아니라 생활 방식과 가치관도 영향을 미칩니다. 우리나라에는 음식을 함께 즐기는 문화가 발달했어요. 한 상에 밥과 국, 여러 가지 반찬이 올라와 모두 함께 나눠 먹는 풍경이 익숙하지요. 사람들은 여럿이 함께 식사하며 유대감을 쌓습니다. 이처럼 우리나라의 음식 문화에는 단순히 배를 채우는 것이 아니라 마음을 나누는 전통이 담겨 있어요.

 이 글의 핵심 단어를 골라 보세요.

 핵심 단어의 의미를 본문에서 찾아 한 문장으로 요약해 보세요.

 위 2개의 문단을 각각 한 문장으로 요약해 보세요.

1문단

2문단

지혜로 만들어 낸 발효 식품

【1문단】 오래전부터 조상들은 식재료를 지혜롭게 활용하기 위해 발효를 이용했어요. 발효는 사람에게 이로운 균이 번식하게 하는 효모나 세균 같은 미생물의 작용을 뜻합니다. 김치는 추운 겨울에 채소를 신선하게 보관하기 위해 무와 배추를 소금에 절이고 양념하여 발효하면서 건강에도 유익한 음식이 되었지요.

【2문단】 된장과 고추장도 콩과 고추를 활용해 발효를 거쳐 만들어요. 김치처럼 시간이 지나면서 맛이 깊어지고, 몸에 좋은 유산균이 생겨나지요. 이 과정에서 미생물들이 열심히 일하고, 우리가 먹는 음식이 더 건강해진답니다. 발효 식품은 조상들의 지혜가 만들어 낸 문화유산입니다.

이 글의 핵심 단어를 골라 보세요.

핵심 단어의 의미를 본문에서 찾아 한 문장으로 요약해 보세요.

위 2개의 문단을 각각 한 문장으로 요약해 보세요.

1문단

2문단

네 가지 악기로 만들어 내는 사물놀이

【1문단】 사물놀이는 네 사람이 북, 장구, 징, 꽹과리를 치며 한데 어우러지는 전통 놀이에요. 이 악기들은 각각 다른 소리를 내지만 함께 연주하면 조화로운 음악을 만들어 내지요. 마치 친구들이 서로 모여 더 즐겁게 노는 것과 비슷해요.

【2문단】 사물놀이는 특별한 날이면 흥겨운 음악으로 사람들이 소리에 이끌려 모이게 하고, 축제를 즐길 수 있게 해 줍니다. 네 개의 악기 소리는 자연의 소리와 닮아 바람, 비, 천둥과 같은 소리도 표현할 수 있어요. 사물놀이를 할 때 사람들은 음악에 맞춰 몸을 움직이고 웃으며 흥을 돋우지요. 사물놀이는 모두가 음악을 즐기며 하나가 될 수 있게 해 줘요.

 이 글의 핵심 단어를 골라 보세요.

 핵심 단어의 의미를 본문에서 찾아 한 문장으로 요약해 보세요.

 위 2개의 문단을 각각 한 문장으로 요약해 보세요.

1문단

2문단

고려 시대의 예술과 기술이 담긴 고려청자

【1문단】 고려청자는 우리나라의 대표적인 도자기로, 고려 시대에 만들어 졌어요. 투명하고 매끄러운 유약으로 덮인 푸른빛이 무척 아름다워요. 같은 색으로 도자기를 구울 수 있는 방법은 아직까지도 밝혀지지 않았어요. 고려청자는 아름다우면서도 견고하고 실용적이어서 왕실과 귀족들이 애용한 귀한 물건이었습니다.

【2문단】 고려청자는 기술적으로도 매우 뛰어나요. 특히 도자기에 무늬를 파내고 흰 흙을 발라 채워 정교한 무늬를 만들어 내는 상감 청자가 가장 유명하지요. 주로 학과 국화를 그려 넣었으며, 무늬를 많이 그려 넣더라도 배경의 여백이 잘 어우러지게 표현했어요. 고려 시대의 예술과 기술이 담긴 고려청자는 지금도 많은 사람이 사랑하는 문화유산이에요.

이 글의 핵심 단어를 골라 보세요.

핵심 단어의 의미를 본문에서 찾아 한 문장으로 요약해 보세요.

위 2개의 문단을 각각 한 문장으로 요약해 보세요.

우리나라의 전통 의상, 한복

[1문단] 한복은 오래전부터 조상들이 입어 온 우리나라 전통 의상이에요. 특히 조선 시대에 입던 형태의 옷을 일컫습니다. 한복의 가장 큰 특징은 넉넉하고 부드러운 곡선이에요. 여자들은 치마와 저고리를 입고, 남자들은 바지와 저고리를 입지요. 한복의 화려한 색은 취향과 계절에 따라 달라지며, 조상들은 옷을 통해 마음을 표현하기도 했습니다.

[2문단] 한복은 단순히 옷이 아니라, 우리나라의 역사와 문화가 담긴 상징이기도 합니다. 명절이나 결혼식 같은 특별한 날에 한복을 입으며, 옷에 담긴 의미를 되새기기도 하지요. 요즘에는 전통을 지키면서도 현대적인 디자인으로 만든 한복도 많이 입어요. 한복은 시간이 흘러도 변함없이 아름다움을 뽐내는 우리나라의 소중한 문화유산이에요.

미션 1
이 글의 핵심 단어를 골라 보세요.

미션 2
핵심 단어의 의미를 본문에서 찾아 한 문장으로 요약해 보세요.

미션 3
위 2개의 문단을 각각 한 문장으로 요약해 보세요.

1문단

2문단

갓의 멋과 상징

【1문단】 갓은 조선 시대에 어른이 된 남자가 머리에 갖춰 쓰던 물건이에요. 주로 검은 말총으로 만들어지며, 고운 천으로 덮어 바람이 잘 통하게 했습니다. 갓은 단순한 모자가 아니라, 사람의 신분과 역할을 보여 주는 중요한 상징이었어요. 조선 시대에 관료들은 특별한 갓을 쓰며 자신의 지위를 드러냈지요.

【2문단】 갓은 멋과 전통이 잘 느껴져 드라마나 영화 속에서도 자주 등장해요. 오늘날에도 우리의 멋을 새롭게 알려 전 세계 사람들에게 관심받고 있어요. 이렇게 갓은 과거 조상들의 생활뿐만 아니라 현대 문화 속에서도 특별한 의미를 이어 갑니다.

이 글의 핵심 단어를 골라 보세요.

핵심 단어의 의미를 본문에서 찾아 한 문장으로 요약해 보세요.

위 2개의 문단을 각각 한 문장으로 요약해 보세요.

협동의 가치를 배우는 씨름

[1문단] 씨름은 힘과 기술을 겨루는 우리나라 전통 민속놀이이자 운동 경기예요. 두 사람이 모래판 위에서 허리춤에 샅바를 걸고 서로를 넘어뜨리기 위해 겨루지요. 상대를 잘 관찰하고 적절한 순간에 기술을 쓰는 것이 중요합니다. 씨름은 승부를 가리기만 하는 것이 아니라, 함께 운동하면서 우정을 나누고 협동의 가치를 배우는 기회가 되기도 해요.

[2문단] 씨름은 특별한 장비 없이도 공평하게 승부를 겨를 수 있어 예전부터 나이나 신분에 상관 없이 마을 사람들이 함께 모여 즐겼어요. 옛날 명절이나 마을 축제에 씨름 대회가 열리면 사람들이 모여 응원하며 어우러졌지요. 씨름은 공동체 정신을 강화하는 멋진 민속놀이랍니다.

이 글의 핵심 단어를 골라 보세요.

핵심 단어의 의미를 본문에서 찾아 한 문장으로 요약해 보세요.

위 2개의 문단을 각각 한 문장으로 요약해 보세요.

1문단

2문단

강강술래의 유래와 의미

[1문단] 강강술래는 정월 대보름에 여러 사람이 춤을 추는 전통 민속놀이예요. 이 춤은 임진왜란 당시, 여자들이 적군을 속이기 위해 밤에 손을 잡고 둥글게 돌며 노래를 부르고 춤을 춘 것에서 유래했어요. 멀리서 보면 많은 군사들이 모인 것처럼 보여 적들이 겁을 먹고 도망가 버렸대요.

[2문단] 강강술래는 여러 명이 노래와 춤을 함께 하는 과정에서 서로를 의식하고 협력하면서 협동심을 배울 수 있어요. 혼자가 아니라 모두 하나가 되어야 할 수 있는 놀이인 셈이지요. 특히 손을 맞잡으면서 놀이를 하는 동안 사람들은 하나로 연결되어 더욱 친밀해져요.

이 글의 핵심 단어를 골라 보세요.

핵심 단어의 의미를 본문에서 찾아 한 문장으로 요약해 보세요.

위 2개의 문단을 각각 한 문장으로 요약해 보세요.

축척을 활용한 대동여지도

[1문단] 대동여지도는 조선 후기 지리학자 김정호가 약 30년에 걸쳐 조선의 기존 지도를 수집해 정리하고, 우리나라 곳곳을 답사하며 만들었습니다. 대동여지도는 한반도의 지리 정보를 현실에 맞춰 상세하게 표현하기 위해 축척을 사용하여 제작했어요. 축척은 실제 거리를 줄여 지도로 표시한 비율을 말해요.

[2문단] 대동여지도는 10리(약 4km) 단위로 거리 표시를 하며 축척을 사용해 산맥과 하천 등을 세밀하고 체계적으로 정리했어요. 김정호는 지도로 많은 사람들에게 정확한 지리 정보를 알려 주고 싶어 했어요. 하지만 당시에 지도는 국가 기밀로 여겨졌고, 대동여지도가 방대하고 무거워 많은 사람들에게 활용되지는 못했어요. 하지만 이후 현대 지도 제작에 큰 영향을 주었습니다.

이 글의 핵심 단어를 골라 보세요.

핵심 단어의 의미를 본문에서 찾아 한 문장으로 요약해 보세요.

위 2개의 문단을 각각 한 문장으로 요약해 보세요.

1문단

2문단

높이의 비밀을 담은 등고선

[1문단] 지도 속 산과 언덕을 어떻게 알 수 있을까요? 바로 등고선 덕분이에요. 등고선은 지도에서 높이가 같은 곳을 선으로 연결해 보여 줍니다. 산이 높을수록 등고선은 촘촘하게 그려지고, 낮은 지형에서는 선들이 멀리 떨어져 있지요. 등고선 덕분에 우리는 지도만 보고도 땅의 높낮이와 경사를 알 수 있어요.

[2문단] 등고선은 길을 찾거나 등산 계획을 세울 때 유용해요. 선이 가깝게 모여 있으면 경사가 급하다는 뜻이라 조심해야 하고, 완만한 길을 찾으려면 선이 멀리 떨어져 있는 곳을 찾으면 되지요. 지도 없이 산을 오르면 예상치 못한 경사에 놀랄 수 있지만, 등고선이 그려진 지도를 잘 활용하면 안전하고 재미있게 산을 오를 수 있어요.

이 글의 핵심 단어를 골라 보세요.

핵심 단어의 의미를 본문에서 찾아 한 문장으로 요약해 보세요.

위 2개의 문단을 각각 한 문장으로 요약해 보세요.

일상생활에 영향을 미치는 기온

[1문단] 기온은 우리가 날씨를 이해하는 중요한 지표로, 대기의 온도를 뜻해요. 우리는 날씨를 확인하고 기온이 높으면 반소매 옷을 입고, 낮으면 두꺼운 외투를 챙기고는 하지요. 기온은 주로 태양이 하늘에서 얼마나 높이 떠 있는지에 따라 변합니다. 예를 들어 태양이 하늘에 높이 뜬 한낮에는 기온이 높아지고, 태양이 지평선 가까이 낮아지는 아침이나 저녁에는 기온이 낮아져요.

[2문단] 계절마다 변하는 기온은 우리 생활에 큰 영향을 줍니다. 여름에는 더위를 피하기 위해 선풍기와 에어컨을 사용하고, 겨울에는 난방기를 켜며 기온 변화에 맞춰 적응하지요. 기온을 잘 확인하고 대처하면 우리의 일상생활을 더욱 편안하게 만들 수 있습니다.

이 글의 핵심 단어를 골라 보세요.

핵심 단어의 의미를 본문에서 찾아 한 문장으로 요약해 보세요.

위 2개의 문단을 각각 한 문장으로 요약해 보세요.

1문단

2문단

미리 알면 도움되는 강수량

【1문단】 비가 적게 내리면 땅이 말라 식물들이 자라기 힘들어지고, 너무 많이 내리면 홍수가 나기도 해요. 일정한 곳에 일정 기간 동안 내린 물의 전체 양을 뜻하는 강수량을 미리 파악하면 가뭄과 홍수를 미리 대비해 댐에서 물을 관리할 수 있습니다. 일상에서는 눈이나 비가 올 때를 대비해 우산, 장화 등을 챙길 수 있지요.

【2문단】 강수량은 주로 지역과 계절에 따라 다르게 나타나요. 산이 많은 곳은 공기가 산을 따라 올라가면서, 바닷가는 바닷물이 공기 중으로 많이 올라가면서 비가 자주 내려요. 여름에는 기온이 높아 비가 많이 내리고, 겨울에는 공기가 차가워져서 눈이 많이 내리지요.

이 글의 핵심 단어를 골라 보세요.

핵심 단어의 의미를 본문에서 찾아 한 문장으로 요약해 보세요.

위 2개의 문단을 각각 한 문장으로 요약해 보세요.

산촌에서는 어떻게 살아갈까요?

【1문단】 산속에 있는 마을인 산촌에 사는 사람들은 맑은 공기와 자연 속에서 생활하며 밭을 일구어 농사를 짓거나 산에서 나는 자원을 활용하는 일을 해요. 산에서 나는 자원에는 나무, 버섯, 산나물 등이 있지요. 나무를 베어 목재를 만들어 내거나, 산속에서 버섯을 재배하고 채취하며, 산나물을 채집하는 거예요.

【2문단】 산촌 사람들은 서로 돕고 자연과 조화를 이루며 소중한 자원을 잘 사용하며 살아가요. 계절에 맞게 농작물을 재배하며 숲에서 다양한 자원을 구해요. 산촌에서는 공동체 생활도 중요합니다. 함께 숲을 관리하며 산불 예방에 앞장서요. 또한 농사철에는 서로 도우며 농사를 짓고 겨울에 쌓인 눈을 함께 치우지요.

이 글의 핵심 단어를 골라 보세요.

핵심 단어의 의미를 본문에서 찾아 한 문장으로 요약해 보세요.

위 2개의 문단을 각각 한 문장으로 요약해 보세요.

다양한 생명들이 사막에서 살아가는 법

【1문단】 사막은 모래가 멀리 펼쳐져 있고 바위들이 가득해 동식물이 살기 어려운 지형입니다. 비가 거의 내리지 않아 낮에는 건조한 모래가 태양열을 흡수해 매우 뜨거워요. 반면 밤이 되면 모래가 태양열을 유지하지 못해 기온이 급격히 내려가 추워져요. 사막에서 살아가려면 물을 모아 두었다가 아껴 써야 하고, 낮과 밤의 기온 차이를 견뎌야 합니다.

【2문단】 동식물은 사막에서 어떻게 살아갈까요? 식물들은 선인장처럼 물을 모아 아껴 쓰며 살아가요. 사막에 사는 동물들은 더운 낮에 숨어 지내고, 태양이 저물면 나와서 활동해요. 사막여우는 큰 귀로 체온을 조절하고, 낙타는 혹 안에 있는 지방을 에너지로 활용해요. 사막은 험하지만, 이곳에 사는 생명들은 자연과 조화를 이루며 살아가요. 사막을 보면 환경에 적응해 살아가는 생명들의 지혜를 느낄 수 있습니다.

이 글의 핵심 단어를 골라 보세요.

핵심 단어의 의미를 본문에서 찾아 한 문장으로 요약해 보세요.

위 2개의 문단을 각각 한 문장으로 요약해 보세요.

짚이나 갈대를 엮어 지붕을 만든 집

【1문단】 초가집은 우리 조상들이 오랫동안 살아온 전통 가옥으로, 짚이나 갈대를 엮어 지붕을 만들었습니다. 덕분에 여름에는 시원하고, 겨울에는 따뜻하게 지낼 수 있었어요. 또 비가 내려도 가파른 지붕에서 빗물이 빠르게 흘러내려 집 안을 안전하게 지켜 줬지요.

【2문단】 초가집은 옛날 농촌에서 볼 수 있었어요. 그곳에서 사람들은 벽에 흙을 발라 집을 단단히 만들고, 가족들이 함께 둘러앉아 이야기를 나눴습니다. 비록 지금은 보기 어렵지만 초가집은 우리나라의 역사와 문화를 담은 소중한 유산이에요. 오늘날에는 민속촌에서 초가집을 직접 볼 수 있어요.

이 글의 핵심 단어를 골라 보세요.

핵심 단어의 의미를 본문에서 찾아 한 문장으로 요약해 보세요.

위 2개의 문단을 각각 한 문장으로 요약해 보세요.

1문단

2문단

겨울을 따뜻하게 만드는 온돌

[1문단] 우리나라 조상들은 추운 겨울에도 바닥을 따뜻하게 만드는 특별한 방법을 사용했어요. 바로 '온돌'이에요. 온돌은 집 아래를 지나가는 불길이 바닥을 데워 주는 전통 난방 방식이에요. 뜨거운 불길이 구들장을 데우면, 그 열이 바닥 전체로 퍼져 방 안이 따뜻해져요. 온돌 덕분에 사람들은 겨울에도 따뜻하게 지낼 수 있었습니다.

[2문단] 온돌은 단순히 집을 따뜻하게 해 주는 것뿐만 아니라, 가족들이 방바닥에 둘러앉아 이야기를 나누는 시간을 선물했어요. 오늘날 온돌은 바닥 난방 시스템으로 발전해 많은 집에서 사용해요. 옛 조상의 지혜가 현대에도 이어진 것이지요. 그 덕분에 우리는 바닥 난방을 편리하게 이용하며 따뜻하게 생활할 수 있습니다.

이 글의 핵심 단어를 골라 보세요.

핵심 단어의 의미를 본문에서 찾아 한 문장으로 요약해 보세요.

위 2개의 문단을 각각 한 문장으로 요약해 보세요.

독도를 지킨 영웅들

【1문단】 우리나라 동쪽 바다 끝에 있는 독도는 일본과 우리나라의 경계이자 동쪽 영해를 나타내는 기준이 되는 섬이에요. 그래서 나라를 지키는 데 아주 중요하지요. 1953년부터 1956년 사이에는 민간 조직인 독도 의용 수비대가 거친 바람과 파도에도 포기하지 않고 매일 독도를 지켰어요. 작은 배로 식량을 나르고, 섬 곳곳을 순찰하는노력은 아무도 알아주지 않는 순간에도 계속되었어요.

【2문단】 독도는 전쟁이 끝난 뒤 혼란스러웠던 시기에도 꼭 지켜야 할 소중한 섬이었어요. 수비대는 단순히 섬을 지키는 것뿐만 아니라, 독도가 한국 땅이라는 것을 세계에 알리는 중요한 역할을 했습니다. 오늘날에도 경찰이 독도를 지키며 그들의 정신을 이어가고 있어요.

이 글의 핵심 단어를 골라 보세요.

핵심 단어의 의미를 본문에서 찾아 한 문장으로 요약해 보세요.

위 2개의 문단을 각각 한 문장으로 요약해 보세요.

1문단

2문단

따뜻한 마음으로 세상을 구한 거상 김만덕

[1문단] 조선 후기 제주도에 큰 가뭄이 찾아와 사람들이 굶주려 살기 어려워졌어요. 당시 큰 상인이었던 김만덕은 고민 끝에 자신의 재산으로 곡식을 사들여 아낌없이 내어 주기로 결심했습니다. 다른 사람의 어려움을 모른 체하지 않고 도와준 김만덕은 마음까지 진정한 부자였던 것이지요.

[2문단] 김만덕이 곡식을 나눠 준 덕분에 많은 사람들이 굶주림에서 벗어날 수 있었어요. 그 소문은 한양까지 전해져, 임금님도 그녀의 행동을 칭찬했다고 해요. 김만덕의 나눔과 배려는 지금까지도 사람들에게 기억되어 제주에서는 의녀 김만덕으로 불려요. 김만덕의 행동은 나눔이야말로 세상을 바꾸는 힘이라는 사실을 보여 줍니다.

이 글의 핵심 단어를 골라 보세요.

핵심 단어의 의미를 본문에서 찾아 한 문장으로 요약해 보세요.

위 2개의 문단을 각각 한 문장으로 요약해 보세요.

소중한 문화유산, 국보

[1문단] 옛날 사람들이 남긴 멋진 작품과 건축물을 문화재라고 불러요. 문화재 중에서도 가치가 크고 드문 보물은 특별히 나라에서 국보로 지정합니다. 한 나라의 소중한 문화유산으로 역사와 예술이 담겨 있지요. 불국사 석가탑이나 훈민정음해례본 같은 국보는 우리나라 문화의 우수성과 정체성을 보여 주지요.

[2문단] 국보는 제대로 관리하지 않으면 훼손되어 가치를 잃을 수도 있습니다. 그래서 나라에서는 국보 관리와 보존에 힘쓰고 있어요. 전문가들은 국보를 연구하고 복원하려고 노력해요. 박물관, 사찰, 고궁 같은 곳에서 국보를 직접 보면 그 가치를 느낄 수 있습니다. 우리는 국보에 관심을 갖고 나라의 보물을 아끼고 지키려는 마음을 가져야 해요.

미션1 이 글의 핵심 단어를 골라 보세요.

미션2 핵심 단어의 의미를 본문에서 찾아 한 문장으로 요약해 보세요.

미션3 위 2개의 문단을 각각 한 문장으로 요약해 보세요.

1문단

2문단

유네스코가 지정하는 세계 문화유산

【1문단】 세계 문화유산은 우리 모두가 지켜야 할 특별한 문화유산입니다. 유네스코라는 단체가 각 나라를 대표하는 문화와 역사, 보존 가치가 있는 장소와 자연 등을 세계 문화유산으로 지정해요. 이집트 문명을 대표하는 피라미드나 통일 신라 시대 불교 예술을 대표하는 석굴암 같은 문화유산이 그 예랍니다.

【2문단】 유네스코는 이 보물들이 자연재해나 전쟁으로 사라지지 않도록 기술이나 기금을 지원하고 홍보하며 도와줘요. 세계 문화유산은 한 나라만의 것이 아니라, 지구에 사는 모든 사람이 함께 지켜야 할 소중한 유산입니다.

이 글의 핵심 단어를 골라 보세요.

핵심 단어의 의미를 본문에서 찾아 한 문장으로 요약해 보세요.

위 2개의 문단을 각각 한 문장으로 요약해 보세요.

정조 대왕이 만든 수원 화성

[1문단] 수원 화성은 조선 시대 정조 대왕이 건설한 성이자 계획 도시예요. 정조 대왕이 아버지인 사도세자 묘를 수원으로 옮기면서 만들었어요. 수원 화성은 그 당시 거중기와 같은 최신 과학 기술을 사용하여 튼튼하면서도 아름답게 만들었어요. 성곽은 높고 튼튼해서 외부의 침입을 막을 수 있었고, 성안에는 일반 백성들과 관리, 병사들이 살았어요. 왕이 머물 수 있는 궁궐도 있었습니다.

[2문단] 정조 대왕은 수원 화성을 상업과 군사의 중심지로 만들기 위해 노력했어요. 수원 화성 안에서 상인들의 자유로운 상업 활동을 보장하여 상업을 발전시켰어요. 또한 당시 수도였던 한양을 지키기 위해 강력한 방어 시설로서 성을 지었지요. 오늘날 성곽을 따라 걷다 보면 여러 가지 문과 성루를 볼 수 있고, 그 당시 생활과 문화도 엿볼 수 있어요.

이 글의 핵심 단어를 골라 보세요.

핵심 단어의 의미를 본문에서 찾아 한 문장으로 요약해 보세요.

위 2개의 문단을 각각 한 문장으로 요약해 보세요.

1문단

2문단

돌 속에 깃든 불교 문화의 정수, 석굴암

【1문단】 석굴암은 돌로 만든 석굴 안에 불상이 있는 불교 사원입니다. 이곳은 바깥과 연결된 석굴 속에 아름다운 불상과 석조 조각들이 있어요. 통일 신라 시대에 만들어진 석굴암은 자연과 인공이 잘 어우러진 공간으로, 불교의 가르침과 마음의 평화를 얻기 위해 찾는 장소였습니다.

【2문단】 석굴암은 돌을 활용한 섬세한 건축 기술이 돋보이는 작품이에요. 내부에 있는 본존불은 부드러운 미소로 사람들을 맞이하며, 방문자들에게 따뜻한 위로를 전해 줍니다. 유네스코 세계유산으로도 지정된 이곳은 우리 조상들의 건축 기술과 불교 문화가 담긴 소중한 유산이에요.

이 글의 핵심 단어를 골라 보세요.

핵심 단어의 의미를 본문에서 찾아 한 문장으로 요약해 보세요.

위 2개의 문단을 각각 한 문장으로 요약해 보세요.

독립을 위한 용감한 외침

【1문단】 1919년 3월 1일, 사람들이 한 손에 태극기를 들고 거리로 나서 남녀노소 할 것 없이 "대한 독립 만세!"를 외쳤어요. 그날은 일본의 지배에 맞서 우리나라의 자유를 되찾기 위해 전국에서 함께 일어선 날이었습니다. 이 외침은 마음속에서 피어오른 희망의 목소리였어요.

【2문단】 3·1 운동은 전국으로 널리 퍼지며 약 1년 동안 계속되었어요. 많은 이들이 체포되고 고난을 겪었지만, 그들은 멈추지 않고 독립을 외쳤어요. 결국 이 만세 운동은 대한민국 임시 정부를 세우는 계기가 되었지요. 지금 우리가 자유롭게 살아갈 수 있는 것도 독립운동에 나선 조상들의 용기 덕분이에요. 우리는 그들의 희생을 잊지 않고 감사한 마음을 가져야 해요.

미션 1 이 글의 핵심 단어를 골라 보세요.

미션 2 핵심 단어의 의미를 본문에서 찾아 한 문장으로 요약해 보세요.

미션 3 위 2개의 문단을 각각 한 문장으로 요약해 보세요.

1문단

2문단

서로 다른 모습에서 발견하는 아름다움

【1문단】 서로를 존중하는 태도는 공동체를 더 건강하게 만들어 줘요. 서로 다른 생각과 모습이 있다는 걸 인정하는 것이 바로 존중의 시작이지요. 친구가 좋아하는 것이 내가 싫어하는 것이어도, 서로의 취향을 인정하고 이해하려는 마음이 필요합니다. 누군가의 의견을 경청하거나, 작은 일에도 감사 인사를 건네는 것이 그 예이지요.

【2문단】 존중은 친구들 사이뿐만 아니라 가족과 이웃, 더 나아가 학교와 지역 사회에서도 중요해요. 이렇게 서로를 배려하면 우리 주변이 따뜻하고 행복하게 변하지요. 같은 반 친구와 함께 협동할 때도 존중하는 마음이 있으면 어려운 문제도 쉽게 풀려요. 우리는 모두 다르지만, 그 '다름' 속에서 아름다움을 발견할 수 있을 때 진정한 존중이 이루어집니다.

이 글의 핵심 단어를 골라 보세요.

핵심 단어의 의미를 본문에서 찾아 한 문장으로 요약해 보세요.

위 2개의 문단을 각각 한 문장으로 요약해 보세요.

마음을 열어 듣는 경청의 마법

[1문단] 경청은 단순히 듣는 것이 아니에요. 상대방의 이야기를 끝까지 들어 주고, 그의 감정과 생각을 이해하려는 마음이 필요합니다. 경청하는 태도를 지니면 친구 사이에 생기는 오해를 줄이고 서로를 잘 이해할 수 있어요. 귀 기울여 듣는다면, 상대방은 자신이 존중받는다고 느낄 수 있지요.

[2문단] 경청은 우리 주변에서 날마다 실천할 수 있어요. 친구가 속상한 일이 있어 이야기를 할 때 눈을 바라보며 들어 주거나, 가족의 조언에 귀 기울이는 것처럼 말이에요. 진심으로 경청하면 상대방이 마음을 열 거예요. 함께 더 나은 관계를 만들어 가는 데 경청은 큰 도움이 되지요.

미션 1

이 글의 핵심 단어를 골라 보세요.

미션 2

핵심 단어의 의미를 본문에서 찾아 한 문장으로 요약해 보세요.

미션 3

위 2개의 문단을 각각 한 문장으로 요약해 보세요.

1문단

2문단

배려로 만드는 밝은 세상

[1문단] 배려는 누군가의 마음을 이해하고 도와주려는 따뜻한 행동이에요. 친구가 힘들 때 손을 내밀어 주거나, 가족이 바쁠 때 맡은 일을 대신 해 주는 것이 배려랍니다. 배려는 서로의 마음을 편안하게 만들어 주는 중요한 열쇠예요.

[2문단] 배려를 실천하면 우리 주변은 더 밝아져요. 친구의 기분을 헤아려 말을 조심하거나, 어려운 사람들을 돕는 작은 행동도 큰 변화를 가져옵니다. 배려는 혼자 하는 것이 아니라, 함께할 때 더 큰 힘이 됩니다. 배려의 마음은 다시 돌아와 우리를 행복하게 만들어 줘요.

이 글의 핵심 단어를 골라 보세요.

핵심 단어의 의미를 본문에서 찾아 한 문장으로 요약해 보세요.

위 2개의 문단을 각각 한 문장으로 요약해 보세요.

마음속의 나침반을 따라가는 법

【1문단】 양심이란 우리 마음속에 있는 작고 조용한 목소리와 같아요. 어떤 일이 옳은지, 그른지를 알려 주는 마음의 나침반이지요. 예를 들어 친구가 떨어뜨린 물건을 보고 주워 줄 때, 양심은 우리가 옳은 선택을 했다고 느끼게 해 줘요. 반대로 나쁜 선택을 했을 때는 스스로 부끄러움을 느끼게 만듭니다.

【2문단】 양심은 특별한 일에만 필요한 게 아니에요. 친구와 한 약속을 지키거나, 줄을 서서 차례를 지키는 일처럼 올바르게 행동하는 데 필요해요. 양심이 있기에 우리는 서로를 믿고 함께 살아갈 수 있어요. 양심은 눈에 보이지 않지만 언제나 우리 곁에 있어요. 그것을 따르는 정직한 마음이 곧 용기랍니다.

미션1 이 글의 핵심 단어를 골라 보세요.

미션2 핵심 단어의 의미를 본문에서 찾아 한 문장으로 요약해 보세요.

미션3 위 2개의 문단을 각각 한 문장으로 요약해 보세요.

1문단

2문단

신뢰가 만드는 소중한 관계

[1문단] 신뢰는 서로를 굳게 믿고 의지하는 것을 말해요. 친구와의 약속을 지킬 때, 솔직하게 이야기하고 행동할 때 우리는 서로를 믿고 신뢰를 쌓을 수 있어요. 신뢰가 있을 때 우리는 편안한 마음으로 함께할 수 있습니다. 한 번 잃은 신뢰는 다시 얻기 힘들기 때문에, 소중히 지켜야 해요.

[2문단] 신뢰는 작은 약속부터 지켜야 쌓을 수 있어요. 친구의 물건을 빌린 뒤 제대로 돌려주거나 함께 나눈 비밀 이야기를 아무에게도 말하지 않는 것처럼 말이에요. 이렇게 서로를 믿을 때 우리는 더욱 끈끈한 관계를 맺을 수 있어요.

이 글의 핵심 단어를 골라 보세요.

핵심 단어의 의미를 본문에서 찾아 한 문장으로 요약해 보세요.

위 2개의 문단을 각각 한 문장으로 요약해 보세요.

나를 사랑하고 믿는 힘

[1문단] 가끔 누군가의 말이나 작은 실수 때문에 마음이 힘들 때가 있어요. 하지만 이럴 때 자존감이 높으면 어려운 상황에서도 '나는 할 수 있어!'라는 믿음을 굳게 지키면서 흔들리지 않을 수 있어요. 자신을 믿는 만큼 다시 일어설 수 있으니까요.

[2문단] 자존감은 나를 소중하게 여기는 마음이에요. 나를 아끼고 사랑할 때 커져요. 다른 사람과 나를 비교하지 않고, 나만의 가치를 찾으며 키울 수 있어요. 실수하거나 실패하더라도 '다음에 더 잘할 수 있어.'라고 스스로에게 말해 주세요. 자존감이 높으면 우리는 모두 스스로 빛나는 멋진 사람이 될 수 있어요.

이 글의 핵심 단어를 골라 보세요.

핵심 단어의 의미를 본문에서 찾아 한 문장으로 요약해 보세요.

위 2개의 문단을 각각 한 문장으로 요약해 보세요.

1문단

2문단

두려움을 이겨 내고 앞으로 나아가는 힘

【1문단】 '대담함'이란 두려움을 이겨 내고 한 걸음 더 나아가는 용기 있는 마음이에요. 마치 높은 나무에 올라가 처음으로 넓은 세상을 내려다볼 때의 두근거림처럼요. 대담한 사람은 어려운 일 앞에서도 주저하지 않고 도전합니다. 가끔은 도전이 실패로 끝날 수도 있지만, 그 경험을 통해 더 강해질 수 있습니다.

【2문단】 대담함은 작은 것에서부터 시작해요. 처음 자전거를 탈 때 넘어질까 걱정했지만, 페달을 한 번 밟은 뒤에 더 멀리 달릴 수 있었던 기억이 있지요? 이처럼 대담함은 우리를 새로운 세상으로 이끌어 줘요. 스스로 믿고 도전하는 마음, 그것이 대담함의 첫걸음이에요.

이 글의 핵심 단어를 골라 보세요.

핵심 단어의 의미를 본문에서 찾아 한 문장으로 요약해 보세요.

위 2개의 문단을 각각 한 문장으로 요약해 보세요.

차별받지 않을 권리, 성평등

[1문단] 성평등이란 성별에 따라 차별받지 않고 모두 동등하게 존중받는 것을 의미해요. 친구들과 함께 놀 때, 역할을 정할 때 성별이 아니라 서로의 능력과 마음을 먼저 보는 게 중요하답니다. 예를 들어 남자도 인형 놀이를 즐길 수 있고, 여자도 축구를 할 수 있어요. 서로를 성별로 구분하지 않고 바라볼 때, 우리는 서로를 이해하고 함께 성장할 수 있어요.

[2문단] 성평등한 세상에서는 모두가 자유롭게 꿈꿀 수 있어요. 서로가 다르다는 것을 인정하고 존중하면 학교와 집, 어디서든 서로를 믿으며 긍정적인 관계를 맺을 수 있습니다. 작은 차별을 없애고 서로 존중한다면 모두 함께 어우러지며 행복한 사회를 만들 수 있어요.

미션 1 이 글의 핵심 단어를 골라 보세요.

미션 2 핵심 단어의 의미를 본문에서 찾아 한 문장으로 요약해 보세요.

미션 3 위 2개의 문단을 각각 한 문장으로 요약해 보세요.

1문단

2문단

모두가 달릴 수 있는 운동장

【1문단】 체육 시간에 친구들과 달리기를 하기로 했어요. 하지만 휠체어를 사용하는 민수는 고민에 빠졌어요. "나는 뛸 수 없는데 어떻게 참여하지?" 그때 선생님이 웃으며 말씀하셨어요. "운동화를 신고 달려야만 달리기가 아니란다. 민수도 휠체어를 타고 함께 달리면 돼!" 이처럼 기회의 평등은 누구나 자기만의 방식으로 참여할 수 있도록 돕는 것을 말해요.

【2문단】 사람들에게는 모두 서로 다른 능력이 있어요. 중요한 건 그 차이를 인정하고 필요한 지원을 하며 모두가 꿈을 펼칠 수 있도록 하는 거예요. 예를 들어 사회에서는 기회의 평등을 이뤄내기 위해 초·중등 교육을 무상으로 제공해요. 함께 기회의 평등을 추구하고 실현하려 노력할 때 세상은 더 따뜻해져요.

이 글의 핵심 단어를 골라 보세요.

핵심 단어의 의미를 본문에서 찾아 한 문장으로 요약해 보세요.

위 2개의 문단을 각각 한 문장으로 요약해 보세요.

다양한 문화를 품은 우리 이웃

[1문단] 우리 주변에는 서로 다른 나라에서 온 친구들과 가족들이 함께 어우러져 살아가요. 다문화란 여러 민족이나 여러 나라의 문화가 함께 공존하며 만드는 다양한 모습들을 뜻합니다. 음식, 언어, 옷차림이 다 다를 수 있지만, 서로 다른 모습을 발견할 때 즐거움을 느낄 수 있어요.

[2문단] 다문화 속에서 우리는 더 넓은 세상을 만날 수 있어요. 다른 나라의 축제에 참여하거나 다양한 음식을 맛보는 것도 좋아요. 이렇게 서로의 문화를 이해하고 존중하면 더 따뜻한 사회가 될 수 있어요. 저마다의 모습이 다 달라 세상을 더 다채롭게 만들어 줍니다.

미션1 이 글의 핵심 단어를 골라 보세요.

미션2 핵심 단어의 의미를 본문에서 찾아 한 문장으로 요약해 보세요.

미션3 위 2개의 문단을 각각 한 문장으로 요약해 보세요.

1문단

2문단

서로 다른 마음을 잇는 열쇠

[1문단] 세상에는 우리와 다른 생각과 문화를 가진 사람들이 많아요. 함께 살아가려면 서로의 마음과 생각을 나누면서 서로가 다르다는 것을 이해하는 소통이 중요해요. 소통은 마치 친구가 손을 맞잡고 서로를 도와주는 것과 같아요. 소통하지 않는다면 오해가 쌓이고, 서로를 이해하기 어려워질 수 있습니다.

[2문단] 소통할 때는 말뿐만 아니라 경청하는 태도도 중요해요. 상대방의 이야기를 진심으로 들어 주고, 자신의 의견도 예의 있게 표현하는 게 소통의 시작이지요. 다르다는 것을 받아들이고 함께 이야기하는 과정에서 우리는 더 넓은 세상을 만날 수 있어요. 이처럼 소통은 다양한 사람들이 함께 어울리는 데 꼭 필요한 다리와 같습니다.

이 글의 핵심 단어를 골라 보세요.

핵심 단어의 의미를 본문에서 찾아 한 문장으로 요약해 보세요.

위 2개의 문단을 각각 한 문장으로 요약해 보세요.

1문단

2문단

지식과 이야기가 가득 담긴 보물

[1문단] 책은 지식과 이야기가 가득 담긴 보물입니다. 책 한 권을 펼치면 우리는 새로운 세상으로 떠날 수 있어요. 어떤 책은 동물 친구들과 모험을 떠나게 하고, 또 어떤 책은 과거의 역사나 미래의 과학을 알려 주지요. 책을 읽는 건 마치 새로운 나라를 여행하는 것과 같아요. 그래서 책은 우리를 똑똑하게 만들어 주고, 상상력을 키워 줍니다.

[2문단] 책은 언제 어디서든 함께할 수 있어요. 도서관에서 빌려 읽기도 하고, 학교에서 선생님과 함께 읽을 때도 있지요. 힘든 날엔 책 속 이야기들이 위로가 되어 주고, 궁금한 게 있을 땐 책이 해답을 알려 주지요. 책은 언제 어디서나 우리를 반겨 주는 다정한 친구랍니다.

이 글의 핵심 단어를 골라 보세요.

핵심 단어의 의미를 본문에서 찾아 한 문장으로 요약해 보세요.

위 2개의 문단을 각각 한 문장으로 요약해 보세요.

1문단

2문단

문제를 해결하고 선택을 도와주는 힘

【1문단】 어려운 일이 생길 때 지혜가 있다면 올바른 길을 찾을 수 있어요. 지혜는 나이가 많거나 책을 많이 읽어서만 생기는 게 아니라, 경험과 배움을 통해 생깁니다. 친구와 다툴 때도 지혜롭게 대화하면 서로를 이해하고 화해할 수 있어요. 지혜가 있으면 우리가 문제를 해결하고 현명한 선택을 하는 데 도움이 됩니다.

【2문단】 지혜로운 사람은 어떤 일이 생겨도 차분하게 생각한 뒤 행동해요. 비가 올 때 우산을 준비하거나, 시험이 있을 때 미리 공부하는 것도 지혜로운 모습이에요. 서로를 이해하고 배려하는 행동은 더 나은 사람이 되기 위한 지혜로운 모습이지요. 생활 속에서 지혜는 꼭 필요한 힘이랍니다.

이 글의 핵심 단어를 골라 보세요.

핵심 단어의 의미를 본문에서 찾아 한 문장으로 요약해 보세요.

위 2개의 문단을 각각 한 문장으로 요약해 보세요.

1문단

2문단

작은 예절이 만드는 편안함

[1문단] 공공장소에서는 누구나 예절을 지켜야 해요. 도서관에서는 조용히 하고, 지하철에서는 큰 소리로 떠들거나 통화하지 않아야 해요. 예절을 지키면 다른 사람을 배려할 수 있어서 갈등이 줄어들고 협력이 쉽게 이루어져요.

[2문단] 공공장소에서는 나뿐만 아니라 다른 사람도 함께 있다는 사실을 기억해야 해요. 쓰레기를 아무 데나 버리면 다른 사람들이 불편하고, 줄을 서지 않으면 혼란이 일어나요. 다른 사람을 배려하며 예절을 지키면 다른 사람에게 신뢰를 얻고 사회를 이루는 구성원들이 모두 편안하게 살아갈 수 있어요.

미션 1 이 글의 핵심 단어를 골라 보세요.

미션 2 핵심 단어의 의미를 본문에서 찾아 한 문장으로 요약해 보세요.

미션 3 위 2개의 문단을 각각 한 문장으로 요약해 보세요.

1문단

2문단

서로를 존중하는 인터넷 예절

[1문단] 우리가 매일 사용하는 인터넷은 아주 편리한 도구예요. 게임을 하거나 친구들과 채팅할 때, 정보를 검색할 때 인터넷은 큰 도움이 되지요. 인터넷에서 예절을 지키기 위해서는 서로를 배려하는 마음이 중요하답니다. 채팅을 하거나 댓글을 쓸 때 함부로 말하면 상대방이 상처를 받을 수 있어요. 그래서 인터넷에서도 예절을 지켜야 해요.

[2문단] 인터넷에서 예절을 지키려면 먼저 상대방을 존중하는 말을 사용해야 해요. 그리고 남의 사진이나 정보를 허락 없이 올리지 않는 것도 중요해요. 만약 누군가를 괴롭히거나 비난하는 글을 본다면 그냥 무시하거나 신고해야 해요. 우리가 인터넷에서도 예절을 잘 지키면 모두가 안전하고 즐겁게 인터넷을 사용할 수 있어요.

미션 1 이 글의 핵심 단어를 골라 보세요.

미션 2 핵심 단어의 의미를 본문에서 찾아 한 문장으로 요약해 보세요.

미션 3 위 2개의 문단을 각각 한 문장으로 요약해 보세요.

1문단

2문단

과학

과학은 세상이 움직이고 순환하는 자연 현상과 우주의 원리를 탐구하며, 인간의 삶과 기술 발전에 기여하는 다양한 원리를 연구하는 학문이에요. 우리는 에너지, 우주 등을 알아볼 거예요.

수리는 숫자와 기호를 사용하여 수량과 도형 혹은 그것들의 관계를 다루는 학문으로 우리는 수, 연산, 측정, 도형을 살펴볼 거예요.

논리는 말이나 글에서 사고와 추리를 알맞게 이끌어 가는 과정을 말해요. 우리는 규칙, 비교, 분류, 질문을 살펴볼 거예요.

생명은 동물과 식물이 생물로서 살아 있게 하는 힘을 뜻해요. 생명과 관련한 현상이나 생물의 여러 가지 기능을 알아보며 우리는 동물, 식물, 생장, 생태계를 살펴볼 거예요.

환경은 생물에게 영향을 주는 자연 조건이나 사회적 상황을 뜻해요. 인간이 사는 지구의 여러 환경 문제를 알아보며 우리는 공기, 물, 육지, 바다, 환경 보호에 대해 살펴볼 거예요.

전기가 만드는 편리한 생활

[1문단] 전기는 물질 안에 있는 전자가 움직이며 생기는 에너지예요. 우리가 생활하는 데 아주 중요해요. 우리가 사용하는 텔레비전, 컴퓨터, 냉장고와 같은 전자 기기들은 모두 전기를 사용하지요. 전기는 우리 눈에 보이지는 않지만, 전원을 켜거나 플러그를 꽂으면 발전소에서 집까지 끌어와서 사용할 수 있어요. 이렇게 전기는 우리의 생활을 편리하게 만들어 줍니다.

[2문단] 전기에는 두 가지 종류가 있어요. '직류'와 '교류'라는 전기예요. 직류는 배터리에서 나오는 전기로 한 방향으로만 흐르고, 교류는 전기 콘센트에서 나오는 전기로 계속해서 방향이 바뀌어요. 직류와 교류는 각각 다른 용도와 장점이 있어서, 두 전기 형태가 없다면 현대의 많은 기계와 기구들이 작동할 수 없어요.

미션 1 이 글의 핵심 단어를 골라 보세요.

미션 2 핵심 단어의 의미를 본문에서 찾아 한 문장으로 요약해 보세요.

미션 3 위 2개의 문단을 각각 한 문장으로 요약해 보세요.

1문단

2문단

우리 주변에 있는 정전기

[1문단] 옷을 벗을 때나 머리를 빗을 때 간혹 찌릿한 느낌을 받은 적이 있나요? 이는 옷과 머리카락, 머리카락과 빗이 만나 마찰하면서 각 물체가 전기를 띠면서 일어나요. 이때 전기가 움직이지 않고 머물러 있는 전기 현상을 '정전기'라고 해요. 두 물체 사이에 마찰이 일어나면 전자가 이동하면서 생기지요.

[2문단] 정전기는 여러 가지 상황에서 나타날 수 있어요. 건조한 겨울철에는 공기 중 수분이 낮아져 물체 표면에 전하가 모이면서 정전기가 더 잘 발생해요. 건조할 때 플라스틱 장난감을 잡으면 플라스틱 장난감과 손 사이에 정전기가 생겨 따끔한 느낌을 받을 수도 있지요.

이 글의 핵심 단어를 골라 보세요.

핵심 단어의 의미를 본문에서 찾아 한 문장으로 요약해 보세요.

위 2개의 문단을 각각 한 문장으로 요약해 보세요.

많이 활용되는 자석의 원리

[1문단] 자석은 'N극'과 'S극'이라는 두 가지 극을 갖고 있어요. 같은 극끼리는 밀어내지만, 다른 극끼리는 서로 강하게 끌어당기지요. 자석은 이러한 원리로 금속을 끌어당기는 신기한 물체예요. 자석을 손에 들고 철 같은 자성을 띠는 금속에 가까이 가져가면 자석이 금속을 붙잡아 당기는 모습을 볼 수 있습니다. 철이 자석의 힘을 받아서 일시적으로 자석처럼 변하기 때문이지요.

[2문단] 자석은 우리 주변에서 많이 볼 수 있어요. 냉장고 문이 꽉 닫히는 것도 문 안쪽에 빙 두른 자석이 철로 된 냉장고 몸체를 끌어당기는 덕분이에요. 또한, 자석은 나침반에도 사용돼요. 나침반 속 자석이 지구의 자기장에 반응해 항상 북쪽을 가리키는 원리를 이용한 것이지요. 자석이 없었다면 나침반도 발명할 수 없을 테니 방향을 찾기 어려웠을 거예요.

미션 1 이 글의 핵심 단어를 골라 보세요.

미션 2 핵심 단어의 의미를 본문에서 찾아 한 문장으로 요약해 보세요.

미션 3 위 2개의 문단을 각각 한 문장으로 요약해 보세요.

　　1문단

　　2문단

전류로 움직이는 전자석

[1문단] 전자석은 자석처럼 물체를 끌어당기지만, 전류를 사용해서 그 힘을 조절할 수 있어요. 전선에 전류를 흘려보내면 자석처럼 강력한 힘을 발휘하고, 전류를 끊으면 그 힘이 사라져요. 전자석은 필요할 때만 전류를 사용해 자석처럼 작동하게 만들 수 있기 때문에 다양한 분야에서 활용할 수 있어요.

[2문단] 전자석은 기차나 크레인 같은 큰 기계에 사용됩니다. 예를 들어 자기 부상 열차는 열차가 공중에 떠올라 빠르게 달릴 수 있어요. 열차 아래와 철로에 설치한 전자석을 이용한 덕분이지요. 크레인도 전자석을 써서 무거운 철을 들어 올려요. 전자석이 없다면 이런 기술을 사용할 수 없을 거예요.

이 글의 핵심 단어를 골라 보세요.

핵심 단어의 의미를 본문에서 찾아 한 문장으로 요약해 보세요.

위 2개의 문단을 각각 한 문장으로 요약해 보세요.

사람에게 가장 중요한 별, 태양

[1문단] 태양은 지구보다 훨씬 큰 데 비해 아주 멀리 떨어져 있어서 작은 동그라미처럼 보여요. 그래도 지구에서 가장 가까운 별이기 때문에 낮에 하늘에서 가장 밝게 보여요. 태양빛에는 자외선과 가시광선이 있기 때문에, 태양을 계속해서 쳐다보면 시력을 잃을 수 있을 정도로 위험합니다.

[2문단] 태양은 지구를 따뜻하게 해 주고, 빛과 열을 제공하며, 지구의 기후와 날씨를 만들어 내요. 사람이 살 수 있게 도와주는 중요한 별입니다. 빛을 내는 태양 덕분에 지구의 식물이 잘 자라고, 사람들은 낮에 따뜻한 햇빛을 받으며 생활할 수 있어요. 태양이 없다면 사람은 살 수 없을 거예요.

미션1 이 글의 핵심 단어를 골라 보세요.

미션2 핵심 단어의 의미를 본문에서 찾아 한 문장으로 요약해 보세요.

미션3 위 2개의 문단을 각각 한 문장으로 요약해 보세요.

1문단

2문단

밤하늘에 가장 밝게 빛나는 달

[1문단] 달은 밤하늘에 가장 밝게 빛나는 천체예요. 태양빛을 반사하기 때문이지요. 우리가 매일 밤 볼 수 있는 달은 지구의 하나뿐인 위성입니다. 지구 주위를 도는 커다란 바윗덩어리이지요. 달에는 공기가 없기 때문에 사람이 숨을 쉴 수 없고, 지구에서 볼 수 있는 나무나 물도 없어요. 이런 달 표면은 울퉁불퉁한 바위와 먼지로 덮여 있어요.

[2문단] 달은 아주 재미있는 모습으로 변해요. 달과 지구, 태양의 위치에 따라 매일 밤 조금씩 모양이 변하지요. 둥근 보름달이 되었다가 반달, 초승달로 점차 모양이 변합니다. 과학자들은 지구와 가장 가까운 위성인 달을 탐사하기 위해 달로 우주선을 보내기도 했어요. 미래에는 우리가 직접 달에 갈 수 있는 날이 올지도 몰라요.

이 글의 핵심 단어를 골라 보세요.

핵심 단어의 의미를 본문에서 찾아 한 문장으로 요약해 보세요.

위 2개의 문단을 각각 한 문장으로 요약해 보세요.

끝없이 펼쳐진 신비로운 공간, 우주

【1문단】 우주는 우리가 사는 지구와 태양, 수많은 천체가 있는 아주 넓은 공간이에요. 우주는 너무나 커서 어디까지 이어져 있는지 아무도 몰라요. 이 끝없는 우주에는 태양계와 같은 수많은 항성계가 모여 이루어진 은하들로 가득해요. 그 외에도 암흑 물질, 가스 등으로 이루어진 우주는 정말 신비로운 공간이랍니다.

【2문단】 우주에는 중력이 거의 없어서 물체가 떠다닐 수 있어요. 그래서 우주에 가면 사람들이 지구에서처럼 걸을 수 없고 둥둥 떠다녀요. 그런데 우주에는 아직 우리가 모르는 것들이 많아요. 우주가 어떻게 시작되었는지, 어떻게 진화했는지는 아직 다 밝혀지지 않았어요. 그래서 과학자들은 계속해서 우주를 연구합니다.

미션1 이 글의 핵심 단어를 골라 보세요.

미션2 핵심 단어의 의미를 본문에서 찾아 한 문장으로 요약해 보세요.

미션3 위 2개의 문단을 각각 한 문장으로 요약해 보세요.

1문단

2문단

우주 속 태양계의 특별한 이웃들

[1문단] 태양계는 태양과 태양을 중심으로 도는 행성과 위성 등 여러 천체들을 말해요. 태양계에 속한 행성은 지구를 포함해 모두 8개예요. 이 행성들은 태양의 중력 덕분에 궤도를 따라 돌며, 각각의 행성들은 크기와 온도 등이 모두 달라요. 태양계는 우리가 사는 지구가 속한 마을 같은 곳입니다.

[2문단] 태양계에서 가장 큰 행성은 목성이고, 가장 작은 행성은 수성이에요. 지구는 태양계에서 세 번째로 태양과 가까운 행성이에요. 행성 외에 소행성, 혜성 같은 작은 천체들도 태양계에 함께 있어요. 이 모든 천체들이 태양 주위를 돌기 때문에 태양계는 마치 하나의 큰 가족처럼 느껴져요.

이 글의 핵심 단어를 골라 보세요.

핵심 단어의 의미를 본문에서 찾아 한 문장으로 요약해 보세요.

위 2개의 문단을 각각 한 문장으로 요약해 보세요.

손안의 작은 세상, 스마트폰

【1문단】 스마트폰은 휴대 전화에 인터넷, 사진 촬영, 게임, 음악 듣기와 같이 다양한 컴퓨터 지원 기능이 추가되어 있어요. 원하는 프로그램을 추가로 설치해 사용할 수도 있지요. 스마트폰 덕분에 우리는 필요한 정보를 쉽게 찾을 수 있습니다. 또 언제 어디서나 다른 사람과 소통할 수 있지요.

【2문단】 스마트폰은 사람들에게 유용한 도구가 될 수 있지만, 지나치게 사용하면 시력이 나빠지거나 주의력이 떨어져 건강을 해칠 수 있어요. 그래서 스마트폰은 사용 시간을 정하고, 필요할 때만 사용하는 것이 좋습니다. 스마트폰은 우리 생활을 더 편리하게 만들어 주지만, 적절하게 사용해야 그 진가를 발휘할 수 있어요.

 이 글의 핵심 단어를 골라 보세요.

 핵심 단어의 의미를 본문에서 찾아 한 문장으로 요약해 보세요.

위 2개의 문단을 각각 한 문장으로 요약해 보세요.

1문단

2문단

우리 집이 더 똑똑해지는 비밀

【1문단】 스마트 홈은 집 안의 여러 기기와 장치들이 인터넷으로 연결되어 작동하는 기술을 의미해요. 예를 들어, 스마트폰으로 불을 켜거나 온도를 조절할 수 있어요. 이렇게 하면 외출 중에도 집의 상태를 확인할 수 있어 생활이 더 편리해지고 에너지를 절약할 수 있습니다.

【2문단】 스마트 홈은 편리할 뿐만 아니라 생활을 안전하게 만들어 줍니다. 문이 잠겼는지 확인하거나 카메라로 집 안의 상황을 볼 수 있어요. 하지만 스마트 홈을 사용할 때는 개인 정보를 잘 관리하고 신뢰할 수 있는 기기를 사용하는 것이 중요해요. 그렇게 하면 스마트 홈의 좋은 점을 더욱 안전하게 누릴 수 있습니다.

미션 1 이 글의 핵심 단어를 골라 보세요.

미션 2 핵심 단어의 의미를 본문에서 찾아 한 문장으로 요약해 보세요.

미션 3 위 2개의 문단을 각각 한 문장으로 요약해 보세요.

　1문단

　2문단

미래의 길을 여는 자율 주행 자동차

[1문단] 자율 주행 자동차는 운전자가 조작하지 않아도 스스로 움직일 수 있는 똑똑한 자동차예요. 이 자동차는 카메라와 센서를 이용해 주변을 살피고, 다른 자동차와 보행자를 인식해 사고를 방지하여 목적지까지 안전하게 도착할 수 있도록 설계되었습니다.

[2문단] 자율 주행 자동차는 미래의 교통수단으로 엄청난 변화를 일으킬 거예요. 사람보다 정확한 센서로 운행하며 교통사고를 줄이고, 운전자는 이동하는 동안 다른 일을 할 수 있으니 시간을 더 효율적으로 사용할 수 있습니다. 자율 주행 자동차가 발전하면 우리는 더 안전하고 편리한 세상에서 살 수 있을 거예요.

미션 1
이 글의 핵심 단어를 골라 보세요.

미션 2
핵심 단어의 의미를 본문에서 찾아 한 문장으로 요약해 보세요.

미션 3
위 2개의 문단을 각각 한 문장으로 요약해 보세요.

1문단

2문단

꿈의 교통수단 하이퍼루프

【1문단】 하이퍼루프는 사람이나 물건을 매우 빠르게 이동시킬 수 있는 새로운 교통수단이에요. 이 교통수단은 튜브 안을 진공 상태로 만들어, 공기의 저항을 줄이고 속도를 높인답니다. 하이퍼루프는 시속 1,000km의 속도로 빠르게 달리며, 안전하게 사람들을 실어 나르는 방식으로 설계되었어요.

【2문단】 많은 이들이 하이퍼루프가 미래의 교통 혁명을 일으킬 거라고 기대해요. 이 기술이 발전하면 우리는 먼 거리를 짧은 시간에 이동할 수 있어 여행이 훨씬 편리해질 거예요. 또한, 하이퍼루프를 도입한다면 도시의 교통 체증을 해소하고 긴 대기 시간을 줄일 수 있을 거예요.

이 글의 핵심 단어를 골라 보세요.

핵심 단어의 의미를 본문에서 찾아 한 문장으로 요약해 보세요.

위 2개의 문단을 각각 한 문장으로 요약해 보세요.

인공 지능이 만드는 똑똑한 미래 생활

【1문단】 인공 지능(AI)은 컴퓨터가 마치 사람처럼 스스로 배우고 생각하며 행동하는 시스템을 뜻해요. 스마트폰에 있는 음성 인식 기능을 이용해 사용자가 원하는 것을 이해하고 우리가 좋아하는 영상을 추천해 주기도 합니다. 인공 지능은 많은 데이터를 바탕으로 스스로 학습하고, 점점 더 똑똑해지지요. 그래서 복잡하고 어려운 문제를 해결하는 데 큰 도움을 줍니다.

【2문단】 인공 지능은 우리의 생활을 더 편리하게 만들어 줘요. 길 안내를 하는 내비게이션, 집안일을 하는 로봇, 질병을 진단하는 인공 지능 의료 기기까지 다양한 곳에서 쓰입니다. 인공 지능을 이용해 글을 쓰거나 그림을 그릴 수도 있지요. 하지만 개인 정보가 유출되거나 가짜 정보를 퍼뜨릴 수 있다는 문제점도 있으니 인공 지능을 사용할 때는 주의해야 해요.

 이 글의 핵심 단어를 골라 보세요.

 핵심 단어의 의미를 본문에서 찾아 한 문장으로 요약해 보세요.

 위 2개의 문단을 각각 한 문장으로 요약해 보세요.

　　1문단

　　2문단

미래를 바꿀 혁명, 양자 컴퓨터

【1문단】 양자 컴퓨터는 일반 컴퓨터보다 훨씬 강력한 성능을 지녔습니다. 일반 컴퓨터는 0과 1을 한 번에 하나씩 다루는데, 양자 컴퓨터는 물질이 도달하는 가장 작은 크기인 '큐비트'라는 입자를 사용해 0과 1을 동시에 처리할 수 있어요. 그래서 아주 복잡하고 어려운 수식도 순식간에 계산할 수 있어요. 현재 슈퍼컴퓨터가 푸는 데 수백 년이 걸릴 문제도 양자 컴퓨터는 단 몇 초 만에 해결할 수 있다고 해요.

【2문단】 아직 연구 단계인 양자 컴퓨터를 활용하면 미래에 다양한 분야에서 큰 역할을 할 거예요. 새로운 약을 개발하거나 날씨를 예측하고, 환경 문제를 해결할 수 있습니다. 이렇게 양자 컴퓨터는 우리의 생활을 더 편리하고 안전하게 만들어 줄 중요한 기술이랍니다.

이 글의 핵심 단어를 골라 보세요.

핵심 단어의 의미를 본문에서 찾아 한 문장으로 요약해 보세요.

위 2개의 문단을 각각 한 문장으로 요약해 보세요.

1문단

2문단

유전자의 신비

[1문단] 유전자는 부모에게서 자식으로 전해지는 유전 정보를 지녔어요. 부모에게서 물려받은 유전 정보는 자손의 생김새나 성격과 같은 특징에 영향을 미칩니다. 또한 유전자는 단백질을 만드는 지침서 역할을 하며, 몸의 기능을 조절하는 데 도움을 줘요.

[2문단] 유전자는 세포 안에 있는 DNA의 한 부분으로, DNA는 우리의 성장과 발달을 결정하는 정보를 저장해요. 유전자가 없다면 단백질을 만드는 데 필요한 정보를 전달하거나 세포의 구조와 기능을 유지할 수 없어서 사람과 같은 생명체는 지금의 모습과 다를 거예요. 유전자는 생명체의 특성을 물려주는 물질이니까요.

미션1 이 글의 핵심 단어를 골라 보세요.

미션2 핵심 단어의 의미를 본문에서 찾아 한 문장으로 요약해 보세요.

미션3 위 2개의 문단을 각각 한 문장으로 요약해 보세요.

1문단

2문단

우리 몸을 지켜 주는 방패, 백신

【1문단】 백신은 우리 몸을 질병으로부터 보호하기 위해 예방 주사 같은 형태로 몸에 미리 넣는 물질이에요. 백신에 들어 있는 항원은 병의 원인이 되는 세균이나 바이러스의 일부를 매우 약하게 만든 것으로, 우리 몸의 면역 시스템이 그 병을 기억하도록 도와줍니다. 그러면 병에 걸리기 전에 몸이 미리 대비할 수 있어요.

【2문단】 백신을 맞으면 몸속에서 항체라는 물질이 생겨요. 항체는 나쁜 세균이나 바이러스가 들어왔을 때 그것들과 맞서 싸웁니다. 백신 덕분에 우리는 많은 질병으로부터 몸을 안전하게 지킬 수 있어요. 백신이 없다면 오늘날에도 많은 사람이 질병에 시달릴 거예요.

이 글의 핵심 단어를 골라 보세요.

핵심 단어의 의미를 본문에서 찾아 한 문장으로 요약해 보세요.

위 2개의 문단을 각각 한 문장으로 요약해 보세요.

1문단

2문단

가장 자연스러운 숫자, 자연수

[1문단] 자연수는 우리가 일상생활에서 물건을 셀 때 쓰는 가장 기본적인 수예요. 사과 3개, 바나나 10개처럼 개수를 셀 때 가장 자연스럽게 쓰는 수가 자연수입니다. 더 정확히 말하면 1, 2, 3처럼 1씩 더해 가며 커지는 모든 수를 뜻해요. 이렇듯 자연수는 수학에서 아주 중요한 역할을 합니다.

[2문단] 자연수는 항상 1부터 시작하며, 끝없이 이어질 수 있습니다. 우리는 물건의 개수를 세거나 계산을 할 때 자연수를 사용해요. 자연수가 없으면 숫자를 세는 일이 아주 힘들겠지요? 자연수 덕분에 우리는 세상을 더 잘 이해할 수 있어요.

이 글의 핵심 단어를 골라 보세요.

핵심 단어의 의미를 본문에서 찾아 한 문장으로 요약해 보세요.

위 2개의 문단을 각각 한 문장으로 요약해 보세요.

1문단

2문단

숫자의 세계를 넓히는 소수

[1문단] 소수는 1과 자기 자신 외에는 어떤 수로도 나누어떨어지지 않는 숫자예요. 2, 3, 5, 7과 같은 숫자들이 소수입니다. 소수는 작은 숫자에서 시작하지만, 끝이 없기 때문에 언제나 새로운 소수를 발견할 수 있어요. 소수는 수학에서 중요한 역할을 하며, 컴퓨터 암호에도 사용되지요.

[2문단] 수학 놀이를 할 때 소수를 활용하면 더 재미있습니다. 친구와 함께 소수를 찾아보거나, 소수를 더하고 빼면서 규칙을 찾아보세요. 예를 들어 3과 5를 더하면 8이 되지만, 8은 소수가 아닙니다. 이렇게 소수를 이해하면 숫자 세계를 폭넓고 흥미롭게 이해할 수 있어요.

이 글의 핵심 단어를 골라 보세요.

핵심 단어의 의미를 본문에서 찾아 한 문장으로 요약해 보세요.

위 2개의 문단을 각각 한 문장으로 요약해 보세요.

1문단

2문단

오랜 역사 속에서 만들어진 사칙 연산

[1문단] 사칙 연산은 수학에서 가장 기본적인 계산법으로 덧셈, 뺄셈, 곱셈, 나눗셈을 이용하는 셈입니다. 네 가지 연산은 오래전부터 사람들이 물건을 사고팔거나, 식사를 나누거나, 수와 관련한 어떤 일을 계획할 때 꼭 필요한 계산법이었지요. 사칙 연산이 발달하면서 사람들은 점점 더 복잡한 문제를 풀 수 있었습니다.

[2문단] 흥미로운 사칙 연산의 역사는 고대부터 현대까지 이어졌어요. 고대 이집트와 메소포타미아에서는 사칙연산을 사용한 계산 기록이 남아있고, 그리스와 아랍 학자들도 이를 체계적으로 발전시켰답니다. 오늘날 컴퓨터와 스마트폰이 계산을 쉽게 만들어 주지만, 그 기초는 오랜 역사 속에서 탄탄히 다져졌어요.

미션
1
이 글의 핵심 단어를 골라 보세요.

미션
2
핵심 단어의 의미를 본문에서 찾아 한 문장으로 요약해 보세요.

미션
3
위 2개의 문단을 각각 한 문장으로 요약해 보세요.

1문단

2문단

나라별 재미있는 연산법

[1문단] 수학은 우리가 세상을 이해하는 데 도움을 주는 중요한 도구예요. 나라별로 다른 연산법은 수학을 다양한 방식으로 접근하도록 도와줍니다. 예를 들어 일본의 격자 곱셈법은 선을 그어 교차점을 이용해 숫자를 곱하여 답을 구하는 방법이에요. 이 방법은 시각적으로 계산할 수 있어서 어린이들이 숫자와 곱셈을 쉽게 이해하는 데 도움을 줘요.

[2문단] 또한, 인도에서 전해 내려오는 베다 수학은 복잡한 곱셈이나 나눗셈을 쉽고 빠르게 할 수 있는 방법이에요. 이런 다양한 연산법 덕분에 수학을 더 재미있고 창의적으로 탐구할 수 있어요. 수학을 배우는 이유는 단순히 계산 능력을 키우는 것을 넘어, 문제 해결력과 논리적인 사고를 길러 세상을 더 잘 이해하는 데 있습니다.

이 글의 핵심 단어를 골라 보세요.

핵심 단어의 의미를 본문에서 찾아 한 문장으로 요약해 보세요.

위 2개의 문단을 각각 한 문장으로 요약해 보세요.

1문단

2문단

세상을 탐구하는 방법, 거리 측정

[1문단] 거리 측정은 다양한 방법으로 할 수 있어요. 일반적으로 줄자나 자를 사용해 거리를 재지만, 손을 벌리거나 걸음을 세어 볼 수도 있지요. 별처럼 멀리 떨어진 천체의 거리를 측정할 때는 빛이 이동하는 시간을 활용해요. 빛은 아주 빠르기 때문에 천체 사이의 거리를 측정하는 데 무척 유용합니다.

[2문단] 천체와 천체 사이 거리는 '광년'이라는 단위로 측정해요. 광년은 빛이 1년 동안 이동하는 거리를 나타내는 단위로, 매우 먼 거리를 이해하기 위해 사용합니다. 이처럼 거리 측정은 우리가 우주를 비롯해 세상을 탐구하고 이해하는 데 필요합니다.

미션 1 이 글의 핵심 단어를 골라 보세요.

미션 2 핵심 단어의 의미를 본문에서 찾아 한 문장으로 요약해 보세요.

미션 3 위 2개의 문단을 각각 한 문장으로 요약해 보세요.

1문단

2문단

하루를 알차게 쓰게 돕는 시간의 단위

[1문단] 우리가 매일 보는 시계는 시간을 마법처럼 여러 조각으로 나누어 보여 주어요. 시계가 나타내는 시, 분, 초는 시간의 단위입니다. 시간을 시, 분, 초 단위로 나누면 1시간은 60분으로, 1분은 60초로 나눌 수 있지요.

[2문단] 1년은 달력으로 볼 수 있어요. 1년은 12개월과 365일로 나누고, 하루는 24시간으로 나눌 수 있어요. 시계와 달력을 통해 시간을 단위로 나누어 활용하면 여러 가지 일을 시간에 맞추어 계획하며 시간을 더 효율적으로 사용할 수 있어요.

미션 1 이 글의 핵심 단어를 골라 보세요.

미션 2 핵심 단어의 의미를 본문에서 찾아 한 문장으로 요약해 보세요.

미션 3 위 2개의 문단을 각각 한 문장으로 요약해 보세요.

1문단

2문단

방향 결정에 도움이 되는 각도

[1문단] 각의 크기를 뜻하는 각도는 원의 둘레를 360등분한 것을 1도로 나타내고, 단위는 '도(°)'로 표시해요. 90°는 '직각'이라 부르고 180°는 두 선이 직선처럼 쭉 펼쳐져 '평각'이라고 불러요. 반원형의 판에 0°부터 180°까지 눈금을 표시한 단순한 형태의 각도기로 각을 잴 수 있어요.

[2문단] 각도를 알면 일상 속에서 다양한 결정을 내리는 데 도움이 돼요. 예를 들어 조명을 설치할 때, 원하는 방향으로 빛이 비치도록 각도를 조정할 수 있어요. 또 운동장에서 축구 골문을 향해 공을 찰 때, 정확한 각도를 찾으면 골을 넣을 가능성이 더 커져요. 우리가 각도를 이해하면 방향을 잘 결정하고, 효율적으로 움직일 수 있습니다.

미션 1 이 글의 핵심 단어를 골라 보세요.

미션 2 핵심 단어의 의미를 본문에서 찾아 한 문장으로 요약해 보세요.

미션 3 위 2개의 문단을 각각 한 문장으로 요약해 보세요.

1문단

2문단

서로 닮은 것들을 찾아내는 재미

[1문단] 우리가 사는 세상을 둘러보면 서로 비슷한 것들이 참 많아요. 나무들을 보면 분명히 다른 종인데도 나뭇잎의 모양은 비슷할 때도 있지요. 이런 부분들을 두고 바로 유사성이 있다고 말합니다. 유사성은 서로 비슷한 성질을 말하거든요. 꼭 똑같지는 않지만 비슷한 부분을 찾는 것은 아주 흥미로운 일이에요.

[2문단] 유사성을 찾으면 어려운 문제도 쉽게 풀 수 있어요. 문제를 해결할 때 이전에 풀었던 비슷한 문제를 떠올리면 어떤 식으로 풀어야 할지를 어렵지 않게 파악할 수 있지요. 그러면 해결이 쉬워집니다. 유사성을 찾아보는 연습은 우리에게 새로운 것에 금방 적응하고 배울 기회를 줍니다.

이 글의 핵심 단어를 골라 보세요.

핵심 단어의 의미를 본문에서 찾아 한 문장으로 요약해 보세요.

위 2개의 문단을 각각 한 문장으로 요약해 보세요.

반복되는 규칙의 아름다움

[1문단] 패턴은 반복되는 규칙으로 만들어진 모양이나 순서를 말해요. 우리 주변에서 이러한 패턴을 쉽게 찾을 수 있답니다. 예를 들어 얼룩말의 줄무늬나 체스판의 흰색과 검은색 칸도 모두 패턴이에요. 이렇게 같은 모양이나 색이 반복되면 사람들은 그 속에서 규칙을 발견할 수 있어요. 패턴은 우리 눈을 즐겁게 해 줄 뿐만 아니라, 세상을 이해하는 데도 큰 도움이 됩니다.

[2문단] 패턴은 눈에 보이는 것만 있는 것이 아니에요. 음악에서 반복되는 멜로디, 계절마다 변하는 날씨, 교통 신호의 변화도 모두 패턴의 예라고 할 수 있어요. 이렇게 다양한 패턴을 잘 이해하면, 앞으로 일어날 일을 예측하거나 계획을 세우는 데 큰 도움이 돼요. 그래서 수학과 과학에서도 패턴은 아주 중요한 역할을 해요.

 이 글의 핵심 단어를 골라 보세요.

 핵심 단어의 의미를 본문에서 찾아 한 문장으로 요약해 보세요.

미션 3 위 2개의 문단을 각각 한 문장으로 요약해 보세요.

　1문단

　2문단

자연에 숨은 수의 규칙

논리
규칙

[1문단] 숲속에서 나무의 나이테를 본 적 있나요? 나무의 둥근 단면에는 나이테라는 동그란 선들이 있어요. 이 나이테는 나무가 매년 조금씩 자라면서 생기는 규칙적인 선들이에요. 나이테의 수를 세어 보면 그 나무의 나이를 알 수 있어요. 이렇게 자연 속에는 숫자로 나타나는 다양한 규칙이 숨어 있습니다.

[2문단] 예를 들어, 해바라기 꽃의 씨앗에도 규칙이 있어요. 씨앗들이 나선 모양으로 배열되어 있지요. 이 모양은 피보나치수열이라는 특별한 규칙을 따르고 있습니다. 이처럼 자연 속에서 규칙을 발견하면, 수학이 우리 생활과 얼마나 밀접하게 연결되어 있는지 알 수 있어요.

이 글의 핵심 단어를 골라 보세요.

핵심 단어의 의미를 본문에서 찾아 한 문장으로 요약해 보세요.

위 2개의 문단을 각각 한 문장으로 요약해 보세요.

1문단

2문단

차이점과 공통점을 찾아보는 비교

【1문단】 비교는 두 가지 이상의 것을 서로 살펴보며 차이점과 공통점 등을 종합적으로 알아보는 일이에요. 사과와 오렌지를 한번 비교해 볼까요? 사과는 오렌지보다 단단하고, 오렌지 씨앗은 사과씨에 비해 작습니다. 비해 작습니다. 오렌지는 주로 여름에 나고 사과는 겨울에 나지요. 하지만 둘 다 건강에 좋은 과일이라는 점은 같습니다. 이렇게 비교를 통해 우리는 각각의 특징을 더 잘 이해할 수 있어요.

【2문단】 비교는 생활 속에서 아주 유용해요. 옷과 신발을 고를 때도 어떤 크기가 맞을지, 어떤 신발이 편할지 비교할 수 있어요. 불편하게 느끼는 옷과 신발을 두고 특징을 비교하면 어떤 것을 사야 할지 분명해져요. 이처럼 비교를 잘하면 선택할 때 실수를 줄일 수 있어요.

이 글의 핵심 단어를 골라 보세요.

핵심 단어의 의미를 본문에서 찾아 한 문장으로 요약해 보세요.

위 2개의 문단을 각각 한 문장으로 요약해 보세요.

1문단

2문단

대조로 차이점을 알아보기

【1문단】 대조는 두 가지 이상의 것을 맞대어 차이점을 찾아보는 일이에요. 예를 들어 낮은 밝고 따뜻하지만, 밤은 어둡고 차가워요. 이렇게 서로 다른 특징을 찾아보는 것이 바로 대조랍니다. 대조를 통해 사물이나 상황을 더 깊이 이해할 수 있어요.

【2문단】 대조는 우리가 더 좋은 방법을 찾아내는 데 도움을 줘요. 지금 하는 공부나 운동 방법이 잘 맞지 않는다는 생각이 들 때, 잘하는 사람의 방법과 어떤 차이가 있는지 대조해 보면 문제점을 알아내고 바꿔야 하는 점을 찾을 수 있지요.

이 글의 핵심 단어를 골라 보세요.

핵심 단어의 의미를 본문에서 찾아 한 문장으로 요약해 보세요.

위 2개의 문단을 각각 한 문장으로 요약해 보세요.

모르는 것을 알고 싶은 마음

논리
질문

[1문단] 호기심은 세상을 더 자세히 알고 싶어 하는 마음이에요. 잘 알지 못하는 것을 보고 '저건 뭘까?' 하고 궁금해하는 마음이지요. 예를 들어 무지개가 왜 생기는지 궁금해하거나 새가 어떻게 날아다니는지 알고 싶은 마음도 호기심입니다. 이런 호기심 덕분에 사람들은 새로운 것을 배우고 발전해 왔어요. 과학자들도 이런 궁금증을 바탕으로 새로운 발명을 해 냅니다.

[2문단] 호기심은 아주 작은 것에서 시작될 수 있어요. 길가의 작은 돌멩이가 어떻게 만들어졌는지 궁금해하는 것처럼요. 그리고 그 궁금증을 해결하는 과정에서 우리는 더 많이 배울 수 있어요. 호기심은 우리의 지식을 넓혀 주고, 때론 새로운 친구들과 이야기를 나눌 기회도 만들어 줍니다.

 이 글의 핵심 단어를 골라 보세요.

 핵심 단어의 의미를 본문에서 찾아 한 문장으로 요약해 보세요.

 위 2개의 문단을 각각 한 문장으로 요약해 보세요.

　　　1문단

　　　2문단

질문과 대화로 배우는 하브루타

【1문단】 하브루타는 친구나 가족과 함께 서로 질문하고 대답하며 배우는 교육 방법으로 유대인들이 오랫동안 사용해 왔어요. 그냥 책을 읽고 외우는 것이 아니라, 서로 다른 의견을 나누면서 생각을 키워 가는 것이지요. '왜 그럴까?' 하고 궁금한 점을 질문하고, 상대방의 대답을 들으며 스스로 더 깊이 생각하게 돼요.

【2문단】 하브루타에는 장점이 많아요. 서로 다른 관점에서 이야기를 나누다 보면 새로운 아이디어도 떠오르고, 문제를 더 잘 이해하게 돼요. 친구와 즐겁게 대화하며 지루하지 않게 배울 수 있습니다. 하브루타는 무엇이든 궁금해하는 마음과 상대방의 생각을 존중하는 태도가 가장 중요해요.

이 글의 핵심 단어를 골라 보세요.

핵심 단어의 의미를 본문에서 찾아 한 문장으로 요약해 보세요.

위 2개의 문단을 각각 한 문장으로 요약해 보세요.

생명의 진화

[1문단] 우리 주변의 모든 생명체는 시간이 흐르면서 변화해 왔어요. 이 변화를 '진화'라고 부르며, 생명체들이 환경에 적응하면서 바뀌어 온 과정을 뜻해요. 진화 덕분에 다양한 동물과 식물들이 생겨났습니다. 예를 들어 물속에 살던 생물이 다리를 가진 육지 생물로 변화하기도 했어요. 진화는 생명체가 살아남고 번성할 수 있게 도와주는 중요한 과정이에요.

[2문단] 진화는 오랜 시간을 거쳐 서서히, 끝없이 진행돼요. 현재의 동물들도 먼 옛날에는 다른 모습이었을 거예요. 긴 시간 동안 작은 변화들이 쌓여 오늘날의 생명체가 탄생한 것이지요. 그래서 진화는 생명의 변화와 적응을 이해하는 중요한 열쇠랍니다.

미션 1

이 글의 핵심 단어를 골라 보세요.

미션 2

핵심 단어의 의미를 본문에서 찾아 한 문장으로 요약해 보세요.

미션 3

위 2개의 문단을 각각 한 문장으로 요약해 보세요.

1문단

2문단

멸종의 위기와 생명의 연결

【1문단】 지구에는 다양한 동물과 식물이 살아요. 그중 어떤 종의 생명체는 지구에서 더 이상 살아남지 못하고 아예 사라지기도 하지요. 이것을 '멸종'이라고 해요. 예를 들어, 공룡은 멸종한 동물 가운데 하나예요. 환경 변화나 인간의 활동이 멸종을 초래할 수 있어요.

【2문단】 지구의 생물들은 서로 연결되어 있어요. 만약 어떤 동물이 사라지면 그 동물을 먹이로 삼는 다른 동물도 영향을 받을 수 있지요. 예를 들어, 어떤 식물이 멸종하면 그 식물을 먹던 곤충과 그 곤충을 먹던 새도 위험해질 수 있어요. 그래서 우리는 멸종을 막기 위해 노력해야 해요. 지구의 생태계는 모두 연결되어 있어 사람만 위험을 피하기는 어렵습니다.

이 글의 핵심 단어를 골라 보세요.

핵심 단어의 의미를 본문에서 찾아 한 문장으로 요약해 보세요.

위 2개의 문단을 각각 한 문장으로 요약해 보세요.

1문단

2문단

스스로 에너지를 만드는 식물

[1문단] 식물은 특별한 능력이 있어요. 햇빛을 이용해 에너지를 만드는 능력이지요. 식물의 잎은 햇빛을 받아들여 공기 중의 이산화탄소와 뿌리에서 흡수한 물을 섞어 당분을 만들고, 산소를 방출해요. 이 과정을 '광합성'이라고 부릅니다. 광합성을 통해 식물은 자신의 에너지를 스스로 만들고, 우리에게 필요한 산소도 제공합니다.

[2문단] 광합성 덕분에 식물은 자라고, 우리의 지구도 건강하게 유지돼요. 나무가 자라는 모습을 보면 신기하지요. 나무는 햇빛을 받아서 성장하며, 우리는 나무가 내뿜는 깨끗한 공기를 마실 수 있어요.

미션 1 이 글의 핵심 단어를 골라 보세요.

미션 2 핵심 단어의 의미를 본문에서 찾아 한 문장으로 요약해 보세요.

미션 3 위 2개의 문단을 각각 한 문장으로 요약해 보세요.

1문단

2문단

혹독한 땅에서 살아남은 생명

[1문단] 극한 환경 속에서 사는 식물들은 어려운 조건에서도 살아남은 특별한 생명체입니다. 이 식물들은 뜨거운 사막이나 얼음으로 덮인 극지방에서도 자생할 수 있는 능력이 있습니다. 사막의 선인장은 뿌리에 물을 저장해 물이 부족한 환경에서도 오랫동안 살아남을 수 있어요. 극지방의 이끼는 낮은 온도와 강한 바람 속에서도 생명력을 잃지 않지요.

[2문단] 이 식물들은 극한 환경에서 살 수 있는 특별한 구조로 진화했어요. 예를 들어 선인장은 두꺼운 껍질이나 깊은 뿌리로 물을 잘 저장하고, 잎을 작게 만들어 빛을 최대한 덜 받기도 해요. 극한 환경 속 식물들은 생태계의 균형을 유지하는 데 중요한 역할을 합니다.

이 글의 핵심 단어를 골라 보세요.

핵심 단어의 의미를 본문에서 찾아 한 문장으로 요약해 보세요.

위 2개의 문단을 각각 한 문장으로 요약해 보세요.

1문단

2문단

생명체의 신비로운 한살이

[1문단] 모든 생명체가 태어나서 자라고 자손을 남기고 죽을 때까지의 과정을 '한살이'라고 불러요. 나비의 한살이를 살펴볼까요? 나비는 처음에 알로 태어나 애벌레가 되고, 애벌레는 열심히 먹고 자라 번데기로 변합니다. 마지막으로 번데기에서 멋진 나비가 되지요. 이렇게 한살이는 각각의 생명체가 살아가며 겪는 과정을 나타내요.

[2문단] 식물의 한살이는 씨앗에서 싹이 트고, 점점 자라 꽃을 피운 후 열매를 맺고, 다시 씨앗을 남기는 것입니다. 동물과 식물의 한살이를 살피다 보면 주변에 존재하는 생명의 소중함을 느낄 수 있어요. 우리도 하루하루 성장하며 자신만의 한살이를 겪고 있는 중이지요.

미션 1
이 글의 핵심 단어를 골라 보세요.

미션 2
핵심 단어의 의미를 본문에서 찾아 한 문장으로 요약해 보세요.

미션 3
위 2개의 문단을 각각 한 문장으로 요약해 보세요.

1문단

2문단

동물이 겪는 신비로운 변태 과정

[1문단] '변태'라는 특별한 변화를 겪는 동물들이 있어요. 나비는 알에서 깨어나 애벌레가 되고, 이 애벌레는 시간이 지나 번데기로 변한 뒤에 나비가 됩니다. 이렇게 성체가 되면서 모양과 생태가 완전히 바뀌는 동물의 변화를 변태라고 해요.

[2문단] 개구리도 변태를 겪는 대표적인 동물이에요. 처음에는 물속에서 작은 올챙이로 태어나 꼬리를 흔들며 헤엄치지요. 시간이 지나면서 꼬리가 점점 사라지고 다리가 생기면 물 위를 자기 발로 뛰어다니는 멋진 개구리가 됩니다. 변태는 동물들이 어린 시절과 전혀 다른 성체로 자라나는 자연의 신비로운 과정이에요.

미션 1 이 글의 핵심 단어를 골라 보세요.

미션 2 핵심 단어의 의미를 본문에서 찾아 한 문장으로 요약해 보세요.

미션 3 위 2개의 문단을 각각 한 문장으로 요약해 보세요.

1문단

2문단

먹고 먹히는 먹이사슬

[1문단] 자연에서는 동물과 식물들이 서로 밀접하게 연결되어 있어요. 작은 벌레는 풀을 먹고, 그 벌레를 개구리가 잡아먹어요. 개구리는 다시 뱀에게 잡아먹히지요. 뱀이 죽어 썩으면 식물의 양분이 됩니다. 이처럼 생명들이 서로 먹고 먹히며 이어지는 관계를 '먹이사슬'이라고 부르지요. 먹이사슬은 생태계의 균형을 유지하는 중요한 역할을 합니다.

[2문단] 먹이사슬의 시작은 식물이에요. 식물은 햇빛을 받아 스스로 먹이를 만들어 내지요. 그 식물을 초식 동물이 먹고, 그 뒤로 육식 동물이 차례로 먹으면서 먹이사슬이 이어집니다. 만약 먹이사슬의 한 부분이 끊어진다면 자연의 균형이 깨질 수 있어요. 그래서 자연 속 생명들은 서로를 지켜 주는 중요한 역할을 하지요.

미션 1 이 글의 핵심 단어를 골라 보세요.

미션 2 핵심 단어의 의미를 본문에서 찾아 한 문장으로 요약해 보세요.

미션 3 위 2개의 문단을 각각 한 문장으로 요약해 보세요.

　1문단

　2문단

보이지 않는 미생물

[1문단] 미생물은 아주 작아서 눈으로는 볼 수 없는 생명체예요. 미생물은 흙 속, 물속, 몸속과 같이 우리 주변 어디에나 존재하지요. 미생물은 작지만 큰 역할을 해요. 미생물은 음식물을 분해해 자연을 깨끗하게 해 주고, 우리 몸의 소화를 도우며, 요거트 같은 발효 식품을 만드는 데도 사용된답니다.

[2문단] 많은 미생물은 생명과 자연에 꼭 필요한 일을 해요. 미생물 없이는 자연의 순환이 제대로 이루어지지 않지요. 눈에 보이지 않아도 우리 삶 속에서 중요한 역할을 한답니다. 그런데 모든 미생물이 이로운 것은 아니에요. 어떤 미생물은 병을 일으킬 수 있으니 평소에 손을 깨끗이 씻어야 해요.

이 글의 핵심 단어를 골라 보세요.

핵심 단어의 의미를 본문에서 찾아 한 문장으로 요약해 보세요.

위 2개의 문단을 각각 한 문장으로 요약해 보세요.

생명을 지탱하는 공기의 비밀

【1문단】 공기는 눈에 보이지 않지만 우리 주위에 늘 있어요. 우리가 숨을 쉴 때, 공기 속의 산소가 몸속으로 들어와 에너지를 만들어 줘요. 산소가 없다면 우리 몸은 기능을 할 수 없고, 결국 생명을 유지할 수 없습니다. 공기는 우리 삶을 지탱하는 중요한 역할을 해요. 식물도 공기를 이용해 광합성을 하며 자랍니다.

【2문단】 공기에는 산소뿐만 아니라 질소와 이산화탄소도 포함되어 다양한 생명체들이 생존할 수 있는 환경을 만듭니다. 그러나 우주에는 공기가 없기 때문에 우주 비행사들은 산소 탱크를 사용해야 하지요. 만약 지구에서 공기가 사라진다면 모든 생명이 살 수 없을 거예요. 공기는 우리의 생명과 환경을 지탱하는 가장 중요한 자원입니다.

 이 글의 핵심 단어를 골라 보세요.

핵심 단어의 의미를 본문에서 찾아 한 문장으로 요약해 보세요.

위 2개의 문단을 각각 한 문장으로 요약해 보세요.

1문단

2문단

맑은 공기를 지키기 위한 우리의 약속

【1문단】 대기 오염은 공기 속에 먼지나 유해 물질이 섞이는 현상이에요. 자동차 배출 가스나 매연 등이 원인이지요. 한번 공기 중에 배출된 대기 오염 물질은 없애기가 어려워요. 대기 오염 물질은 공기 중에 오래 남아 생명체가 숨쉬는 것을 어렵게 하고 건강에도 나쁜 영향을 끼칩니다.

【2문단】 대기 오염은 지구 환경에도 영향을 미쳐요. 오염이 심해지면 지구 온난화가 진행되고 동식물도 살기 어려워져요. 대기 오염을 줄이기 위해서 대중교통을 이용하거나 전기를 아껴 쓰는 노력을 해야 합니다. 깨끗한 공기는 지구 생명체에게 꼭 필요해요. 모두가 노력하면 맑은 공기를 되찾을 수 있어요.

이 글의 핵심 단어를 골라 보세요.

핵심 단어의 의미를 본문에서 찾아 한 문장으로 요약해 보세요.

위 2개의 문단을 각각 한 문장으로 요약해 보세요.

생명과 환경을 지키는 물

[1문단] 물은 여러 형태로 우리 주변 어디에나 있고, 모든 생명에게 꼭 필요해요. 사람은 물 없이는 며칠도 살기 어렵습니다. 물을 마시면 몸속 에너지가 생기고 건강을 유지할 수 있습니다. 물은 자연을 순환하며 생명체들이 살아갈 수 있도록 중요한 역할을 해요.

[2문단] 물은 강과 바다, 구름 속에서 만날 수 있어요. 만약 지구에서 물이 사라진다면 모든 생명체가 위험에 처할 거예요. 물을 깨끗하게 아끼는 것은 지구에 사는 생명을 위해 중요해요. 물은 모든 생명과 환경을 지키는 소중한 자원입니다.

미션 1 이 글의 핵심 단어를 골라 보세요.

미션 2 핵심 단어의 의미를 본문에서 찾아 한 문장으로 요약해 보세요.

미션 3 위 2개의 문단을 각각 한 문장으로 요약해 보세요.

1문단

2문단

다양하게 변신하는 물

【1문단】 물은 다양한 모습으로 변할 수 있어요. 액체였던 물이 뜨거워지면 수증기로 변해 공기 중에 떠다니지요. 차가운 공기 속에서는 다시 물방울로 변해 구름이 됩니다. 겨울이 되면 물은 얼음이 되어 단단해져요. 이렇게 물은 온도에 따라 액체, 기체, 고체로 자유롭게 변합니다.

【2문단】 물의 변화는 자연이 순환하는 데 중요한 역할을 해요. 물은 증발할 때 대기 중으로 이동하고, 물방울로 변할 때 구름을 형성한 후 공기 중 수분이 많아지면 비가 내려 땅에 물을 공급해요. 얼음과 눈은 서서히 물로 변하면서 강과 호수를 유지하며 생태계를 유지하지요. 만약 물이 이런 변화를 멈춘다면, 지구의 순환도 멈출 거예요.

이 글의 핵심 단어를 골라 보세요.

핵심 단어의 의미를 본문에서 찾아 한 문장으로 요약해 보세요.

위 2개의 문단을 각각 한 문장으로 요약해 보세요.

숲이 들려주는 생명의 노래

[1문단] 숲은 다양한 식물과 동물이 모여 사는 자연의 집이에요. 나무와 풀, 버섯뿐만 아니라 새와 곤충도 숲에서 함께 지내지요. 숲은 그늘을 만들어 우리가 더운 날 시원하게 쉴 수 있게 해 주고, 비가 오면 물을 잘 머금어 홍수를 막아 줘요. 산소를 만들어 우리가 깨끗한 공기를 마실 수 있도록 도와주기도 합니다.

[2문단] 숲속에 사는 생명들은 서로 도우며 지내요. 나무는 새들에게 집을 제공하고, 새들은 벌레를 먹어 나무를 보호해 줘요. 이렇게 숲은 다양한 생명체가 어우러져 살아가는 곳이에요. 숲이 없다면 우리도 깨끗한 공기와 쉴 곳을 잃을 거예요.

이 글의 핵심 단어를 골라 보세요.

핵심 단어의 의미를 본문에서 찾아 한 문장으로 요약해 보세요.

위 2개의 문단을 각각 한 문장으로 요약해 보세요.

1문단

2문단

지진의 원인과 위험성

[1문단] 지진은 땅속 깊은 곳에서 에너지가 터져 나오며 지표면까지 흔들리는 것을 말해요. 우리가 평소에는 느끼지 못하지만, 지구 속에는 아주 많은 에너지가 모여 있어요. 그 에너지가 순간적으로 터져 나올 때, 땅이 흔들리면서 지진이 일어나요.

[2문단] 지진은 강도가 약할 땐 거의 느껴지지 않지만, 강한 지진은 땅을 무너뜨리고 해일까지 일으켜 아주 위험합니다. 건물과 도로도 쉽게 무너지지요. 지진이 일어났을 때는 안전한 곳으로 피하는 것이 아주 중요해요. 또한, 한차례 지진이 지나간 후에도 여진이 이어질 수 있으니 주변에서 지진이 나면 모두가 서로 도와야 해요. 땅이 흔들려도 침착하게 대처하는 것이 중요합니다.

이 글의 핵심 단어를 골라 보세요.

핵심 단어의 의미를 본문에서 찾아 한 문장으로 요약해 보세요.

위 2개의 문단을 각각 한 문장으로 요약해 보세요.

1문단

2문단

지구를 지키는 거대한 바다의 세계

환경
바다

[1문단] 바다는 지구에서 육지를 제외한 부분이에요. 짠맛을 내는 물로 이루어진 바다는 생명체들이 살기에 적합한 다양한 환경을 제공해요. 예를 들어 햇빛이 닿는 얕은 바다는 따뜻해서 광합성이 가능해 해조류, 산호, 작은 물고기 등이 살기에 알맞아요. 햇빛이 닿지 않는 깊은 곳은 차갑고 산소가 적지만 심해 생물들이 적응해 살지요.

[2문단] 바다는 물의 순환과 지구의 기온을 조절하는 중요한 역할을 해요. 태양에 의해 바닷물이 증발하면 구름이 되고, 다시 비로 내려와 강과 바다를 채워요. 또한 바다의 파도와 해류는 전 세계의 열을 이동시켜 지구 곳곳의 온도를 조절해 생명체들이 적응할 수 있는 환경을 만듭니다.

 이 글의 핵심 단어를 골라 보세요.

 핵심 단어의 의미를 본문에서 찾아 한 문장으로 요약해 보세요.

 위 2개의 문단을 각각 한 문장으로 요약해 보세요.

1문단

2문단

작은 실천으로 깨끗한 지구 만들기

[1문단] 제로 웨이스트는 환경을 지키기 위해 우리가 소비하는 쓰레기를 줄이는 운동이에요. 이 운동은 다섯 가지 원칙을 강조해요. 불필요한 물건을 거절하고, 꼭 필요한 물건만 사고, 일회용 물건 대신 재사용 물건으로 사용하고, 재사용하지 못하는 물건은 재활용하고, 자연에서 분해되는 물건을 사용하는 것이에요.

[2문단] 환경과 미래를 지키기 위해 더 구체적인 제로 웨이스트 실천 방법에는 무엇이 있을까요? 장바구니를 챙기거나 일회용 컵 대신 텀블러를 쓰는 것, 음식물 쓰레기를 줄이기 위해 남은 음식을 재활용하는 것도 그 예입니다. 옷과 가구를 다시 사용하는 것 역시 환경 보호에 도움이 돼요. 이렇게 함께 노력하면 깨끗한 지구를 만들 수 있습니다. 작은 선택이 계속되면 큰 변화를 만들어 낼 수 있습니다.

미션 1 ｜ 이 글의 핵심 단어를 골라 보세요.

미션 2 ｜ 핵심 단어의 의미를 본문에서 찾아 한 문장으로 요약해 보세요.

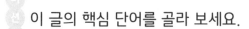

미션 3 ｜ 위 2개의 문단을 각각 한 문장으로 요약해 보세요.

1문단

2문단

모범 답안

24쪽

1 공공 기관 2 공공 기관은 우리 생활에 꼭 필요한 도움을 주는 곳이에요. 3 [1문단] 공공 기관은 우리 생활에 필요한 다양한 서비스를 제공해요. [2문단] 공공 기관은 우리 사회를 원활히 운영하는 데 필요합니다.

25쪽

1 주민 참여 2 주민 참여는 우리 동네를 더 좋은 곳으로 만들기 위해 주민들이 직접 의사 결정에 참여하는 것을 뜻해요. 3 [1문단] 주민들이 직접 의사 결정에 참여하면 지역을 더 살기 좋게 만들 수 있어요. [2문단] 모두 참여해 함께 활동한다면 우리 지역은 더욱 밝고 활기찬 곳이 돼요.

26쪽

1 법 2 법은 사람들이 서로 다투지 않고 잘 살아가기 위해 만든 약속이에요. 3 [1문단] 법은 사람들이 안전하고 평화롭게 생활하도록 도와주는 중요한 약속이에요. [2문단] 법은 사람과 동물, 자연을 지키며 공정한 세상을 만드는 데 필요한 약속이에요.

27쪽

1 시민 의식 2 시민 의식은 나라를 구성하는 사람들의 생활 태도나 마음 자세예요. 3 [1문단] 우리가 사는 세상이 따뜻해지려면 시민 의식이 필요해요. [2문단] 작은 실천으로 시민 의식을 높일 때 더 따뜻한 사회를 만들 수 있습니다.

28쪽

1 희소성 2 희소성은 인간의 욕구에 비하여 세상에 모든 자원이 넉넉하지 않다는 뜻이에요. 3 [1문단] 모든 것이 넉넉하지 않은 희소성 덕분에 우리는 각자 가진 자원을 더 소중히 여길 수 있습니다. [2문단] 자연에서도 희소성을 찾아볼 수 있으며, 우리는 자연과 자원을 아낄 필요성을 느낄 수 있습니다.

29쪽

1 기회비용 2 기회비용은 무언가를 선택할 때 포기한 것의 가치를 가격으로 계산한 것이에요. 3 [1문단] 무언가를 선택할 때 다른 기회를 놓치는 것을 기회비용이라고 해요. [2문단] 우리가 어떤 선택을 하느냐에 따라 기회비용이 달라져요.

30쪽

1 음식 문화 2 음식 문화는 서로 다른 자연환경, 생활 방식, 가치관에 영향을 받아 생겨나요. 3 [1문단] 우리나라의 음식 문화는 자연환경의 영향과 조상들의 지혜가 더해져 생겨났어요. [2문단] 음식 문화에는 생활 방식과 가치관도 영향을 미치며, 우리나라는 음식을 함께 즐기는 문화가 발달했어요.

1 발효 2 발효는 사람에게 이로운 균이 번식하게 하는 효모나 세균 같은 미생물의 작용을 말해요. 3 [1문단] 오래전부터 조상들은 식재료를 지혜롭게 활용하기 위해 발효를 이용했어요. [2문단] 김치, 된장, 고추장 같은 발효 식품은 조상들의 지혜가 만들어 낸 문화유산이에요.

1 사물놀이 2 사물놀이는 네 사람이 북, 장구, 징, 꽹과리를 치며 한데 어우러지는 전통 놀이입니다. 3 [1문단] 사물놀이는 북, 장구, 징, 꽹과리로 조화로운 음악을 만들며 어우러지는 전통 놀이예요. [2문단] 사물놀이는 모두가 음악을 즐기고 하나가 될 수 있게 해 주는 전통 놀이입니다.

1 고려청자 2 고려청자는 고려 시대에 만들어진 우리나라의 대표적인 도자기예요. 3 [1문단] 고려청자는 푸른빛이 아름다운 고려 시대 도자기로, 우리나라 도자기를 대표합니다. [2문단] 고려청자는 정교한 무늬와 뛰어난 기술이 돋보여 많은 사람이 사랑하는 문화유산입니다.

1 한복 2 한복은 오래전부터 조상들이 입어 온 우리나라 전통 의상이에요. 3 [1문단] 한복은 부드러운 곡선과 화려한 색을 가진 한국의 전통 의상입니다. [2문단] 한복은 특별한 날에 입으며 현대적인 디자인으로도 사랑받는 소중한 문화유산입니다.

1 갓 2 갓은 예전에 어른이 된 남자가 머리에 갖춰 쓰던 물건이에요. 3 [1문단] 갓은 신분과 역할을 보여 주는 중요한 상징이에요. [2문단] 오늘날에도 갓은 우리나라의 전통과 멋을 알리며 전 세계 사람들에게 관심받고 있어요.

1 씨름 2 씨름은 힘과 기술을 겨루는 우리나라 전통 민속놀이이자 운동 경기예요. 3 [1문단] 씨름은 힘과 기술을 겨루며 협동과 우정을 배울 수 있는 전통 민속놀이예요. [2문단] 씨름은 공동체 정신을 강화하는 멋진 전통 민속놀이입니다.

1 강강술래 2 강강술래는 정월 대보름에 여러 사람이 춤을 추는 전통 민속놀이예요. 3 [1문단] 강강술래는 임진왜란 때 적군을 속이기 위해 춤을 춘 것에서 유래했어요. [2문단] 강강술래를 하며 협동심을 배울 수 있어요.

1 대동여지도 2 대동여지도는 조선 후기 지리학자 김정호가 한반도의 지리 정보를 축척을 사용해 상세히 표현한 지도예요. 3 [1문단] 대동여지도는 김정호가 축척을 활용해 30년에 걸쳐 만든 중요한 지도예요. [2문단] 축척을 활용한 대동여지도는 현대 지도 제작에 큰

영향을 주었어요.

39쪽

1 등고선 2 등고선은 지도에서 높이가 같은 곳을 선으로 연결해 보여 줍니다. 3 [1문단] 등고선 덕분에 지도를 보고 땅의 높낮이와 경사를 알 수 있어요. [2문단] 등고선이 그려진 지도는 경사와 지형을 파악해 안전한 길을 찾는 데 도움을 줘요.

40쪽

1 기온 2 기온은 대기의 온도를 뜻합니다. 3 [1문단] 날씨를 이해하는 데 중요한 기온은 주로 태양이 하늘에 얼마나 높이 떠 있는지에 따라 변해요. [2문단] 계절마다 변하는 기온은 우리 생활에 큰 영향을 미칩니다.

41쪽

1 강수량 2 강수량은 일정한 곳에 일정 기간 동안 내린 물의 전체 양이에요. 3 [1문단] 강수량을 미리 파악하면 가뭄과 홍수 등을 미리 대비할 수 있어요. [2문단] 강수량은 지역과 계절에 따라 달라집니다.

42쪽

1 산촌 2 산촌은 산속에 있는 마을이에요. 3 [1문단] 산촌 사람들은 농사를 짓거나 산에서 나는 자원을 활용하는 일을 해요. [2문단] 산촌에서는 서로 돕고 자연과 조화를 이루고 소중한 자원을 잘 사용하며 살아가요.

43쪽

1 사막 2 사막은 모래와 바위들이 가득해 동식물이 살기 어려운 지형입니다. 3 [1문단] 사막은 비가 내리지 않아 식물이 살기 어렵고, 낮과 밤의 기온차가 큰 곳이에요. [2문단] 사막에 사는 동물들은 환경에 적응하여 자연과 조화를 이루며 살아가요.

44쪽

1 초가집 2 초가집은 짚이나 갈대를 엮어 지붕을 만든 전통 가옥입니다. 3 [1문단] 초가집은 짚이나 갈대로 만든 지붕 덕분에 사계절 내내 편안하게 지낼 수 있었어요. [2문단] 초가집은 우리 조상들의 생활을 담은 소중한 유산으로, 오늘날에는 민속촌에서 볼 수 있어요.

45쪽

1 온돌 2 온돌은 집 아래를 지나가는 불길이 바닥을 데워 주는 전통 난방 방식이에요. 3 [1문단] 바닥을 데우는 온돌 덕분에 조상들은 겨울에도 따뜻하게 지냈어요. [2문단] 온돌은 오늘날 바닥 난방으로 발전해 편리하고 따뜻하게 지낼 수 있어요.

46쪽

1 독도 의용 수비대 2 독도 의용 수비대는 1953년부터 1956년 사이에 독도를 지킨 민간 조직이에요. 3 [1문단] 독도 의용 수비대는 거친 환경 속에서 독도를 지키기 위해 노력했어요. [2문단] 수비대는 독도가 한국 땅이라는 것을 전 세계에 알렸고, 오늘날까지 그 정신이 이어지고 있어요.

1 김만덕 2 김만덕은 조선 후기에 제주도에서 활동한 큰 상인이자 어려운 사람들을 도운 의녀예요. 3 [1문단] 김만덕은 제주도의 큰 상인으로 어려움에 처한 사람들을 돕기 위해 자신의 재산으로 곡식을 사서 나눠 주었어요. [2문단] 김만덕 덕분에 많은 이들이 굶주림에서 벗어날 수 있었어요.

1 국보 2 국보는 문화재 중에서도 가치가 크고 드문 보물을 특별히 지정한 문화유산이에요. 3 [1문단] 국보는 소중한 문화유산으로 우리나라 문화의 우수성과 정체성을 보여 줍니다. [2문단] 국보를 지키기 위해서 모두의 관심과 노력이 필요합니다.

1 세계 문화유산 2 세계 문화유산은 유네스코가 각 나라를 대표하는 문화와 역사, 보존 가치가 있는 장소와 자연 등을 특별히 지정한 문화유산이에요. 3 [1문단] 유네스코가 지정하는 세계 문화유산은 각 나라를 대표하며, 우리 모두가 지켜야 할 가치가 있어요. [2문단] 세계 문화유산은 모두가 함께 보호하고 지켜야 할 소중한 유산이에요.

1 수원 화성 2 수원 화성은 조선 시대 정조 대왕이 건설한 성이자 계획 도시예요. 3 [1문단] 조선 시대 정조 대왕이 만든 수원 화성은 외부 침입을 막았고, 성안에 사람들이 살았어요. [2문단] 수원 화성은 상업과 군사의 중심지로 설계된 조선 시대 대표 건축물이에요.

1 석굴암 2 석굴암은 돌로 만든 석굴 안에 불상이 있는 불교 사원입니다. 3 [1문단] 석굴암은 통일 신라 시대에 지어진 돌로 된 불교 사원이에요. [2문단] 석굴암은 뛰어난 건축 기술과 불교 문화가 담긴 유네스코 세계유산입니다.

1 3·1 운동 2 3·1 운동은 1919년 3월 1일에 시작되어 약 1년 동안 계속된 독립운동이에요. 3 [1문단] 1919년 3월 1일은 우리 민족이 한마음으로 독립을 외친 역사적인 날입니다. [2문단] 독립운동에 나선 조상들의 희생을 잊지 않고 감사히 여겨야 해요.

1 존중 2 서로 다른 생각과 모습이 있다는 걸 인정하는 것이 바로 존중의 시작이지요. 3 [1문단] 존중은 서로의 차이를 이해하고 배려하는 마음에서 시작됩니다. [2문단] 존중하는 마음은 가족, 친구, 이웃 간의 관계를 더 따뜻하게 만들어 줍니다.

1 경청 2 경청은 상대방의 이야기를 끝까지 들어주고, 상대방의 감정과 생각을 이해하려는 태도예요. 3 [1문단] 경청하는 태도를 지니면 서로 잘 이해할 수 있어요. [2문단] 경청은

가족과 소통할 때 더 나은 관계를 만드는 데 도움이 됩니다.

55쪽

1 배려 2 배려는 누군가의 마음을 이해하고 도와주려는 따뜻한 행동이에요. 3 [1문단] 다른 사람의 마음을 이해하고 도와주는 작은 배려가 쌓여 서로의 마음을 편안하게 만들어 줍니다. [2문단] 배려는 함께할 때 더 큰 힘이 되고, 그 마음은 우리를 행복하게 만듭니다.

56쪽

1 양심 2 양심은 어떤 일이 옳은지, 그른지를 알려 주는 마음의 나침반이에요. 3 [1문단] 양심은 옳고 그른 것을 알려 주는 마음의 나침반입니다. [2문단] 양심은 일상 속에서 우리가 올바르게 행동하도록 도와줍니다.

57쪽

1 신뢰 2 신뢰는 서로를 굳게 믿고 의지하는 것을 말해요. 3 [1문단] 신뢰는 사람들 사이의 관계를 편안하게 해 주며, 지키는 것이 중요합니다. [2문단] 신뢰는 작은 약속부터 지켜야 쌓을 수 있으며, 서로를 믿을 때 우리는 더욱 끈끈한 관계를 맺을 수 있어요.

58쪽

1 자존감 2 자존감은 나를 소중하게 여기는 마음이에요. 3 [1문단] 마음이 힘든 상황에서도 자존감이 높으면 흔들리지 않을 수 있어요. [2문단] 나만의 가치를 찾으며 자존감을 키우면 우리는 모두 스스로 빛나는 멋진 사람

이 될 수 있어요.

59쪽

1 대담함 2 '대담함'이란 두려움을 이겨 내고 한 걸음 더 나아가는 용기 있는 마음이에요. 3 [1문단] 대담함은 두려움을 이겨 내고 도전하는 용기 있는 마음입니다. [2문단] 스스로 믿고 도전하면 새로운 세상을 경험할 수 있어요.

60쪽

1 성평등 2 성평등이란 성별에 따라 차별받지 않고 모두 동등하게 존중받는 것을 의미해요. 3 [1문단] 성평등은 성별에 상관없이 서로의 능력과 마음을 존중하는 것이에요. [2문단] 성평등은 모두가 자유롭게 꿈꿀 수 있는 행복한 사회를 만드는 시작이에요.

61쪽

1 기회의 평등 2 기회의 평등은 누구나 자기만의 방식으로 참여할 수 있도록 돕는 것을 말해요. 3 [1문단] 기회의 평등은 모든 사람이 자신만의 방식으로 참여할 수 있도록 돕는 거예요. [2문단] 차이를 존중하고 필요한 지원을 제공할 때 진정한 기회의 평등이 이루어져요.

62쪽

1 다문화 2 다문화란 여러 민족이나 여러 나라의 문화가 함께 공존하며 만드는 다양한 모습들을 뜻합니다. 3 [1문단] 다문화는 여러 민족이나 여러 나라의 문화가 함께 어우러져 다양한 모습을 만드는 것이에요. [2문단] 서로의

문화를 이해하고 존중하면 더 따뜻한 사회를 만들 수 있어요.

63쪽

1 소통 2 소통은 서로의 마음과 생각을 나누면서 서로가 다르다는 것을 이해하는 것이에요. 3 [1문단] 소통을 통해 다르다는 것을 이해하고 서로를 존중할 수 있어요. [2문단] 상대의 이야기를 경청하고 예의 있게 말하는 것이 소통의 시작입니다.

64쪽

1 책 2 책은 지식과 이야기가 가득 담긴 보물입니다. 3 [1문단] 책은 새로운 이야기와 지식을 알려 주고 상상력을 키워 줍니다. [2문단] 책은 언제 어디서든 즐길 수 있고, 위로와 기쁨을 줍니다.

65쪽

1 지혜 2 지혜는 우리가 문제를 해결하고 현명한 선택을 하도록 도와줍니다. 3 [1문단] 지혜는 경험과 배움을 통해 생기며 문제를 해결하고 현명한 선택을 하도록 도와줍니다. [2문단] 서로를 이해하고 배려한다면 지혜로운 사람이 될 수 있어요.

66쪽

1 예절 2 예절은 다른 사람을 배려하며 지켜야 하는 것이에요. 3 [1문단] 공공장소에서 예절을 지키면 갈등이 줄어들고 협력이 쉽게 이루어져요. [2문단] 예절을 지키면 사회를 이루는 구성원들이 모두 편안하게 살아갈 수

있어요.

67쪽

1 인터넷 예절 2 인터넷 예절을 지키기 위해서는 서로를 배려하는 마음이 중요합니다. 3 [1문단] 인터넷에서도 예의를 지켜야 하며, 나쁜 말은 상대에게 상처를 줄 수 있어요. [2문단] 인터넷 예절을 지키면 모두가 안전하고 즐겁게 인터넷을 사용할 수 있어요.

과학

70쪽

1 전기 2 전기는 물질 안에 있는 전자가 움직이며 생기는 에너지예요. 3 [1문단] 전기는 텔레비전 같은 전자 기기에 사용되어 우리 생활을 편리하게 만들어 주는 에너지입니다. [2문단] 전기는 직류와 교류 두 가지 종류로 각각의 흐름 방식이 다릅니다.

71쪽

1 정전기 2 정전기는 전기가 움직이지 않고 머물러 있는 전기 현상을 뜻해요. 3 [1문단] 정전기는 두 물체가 마찰하며 전자가 이동하면서 생깁니다. [2문단] 정전기는 건조한 겨울철에 플라스틱 장난감을 만질 때 나타날 수 있어요.

72쪽

1 자석 2 자석은 철과 같은 금속을 끌어당기는 물체예요. 3 [1문단] 자석은 N극과 S극을 가지고 있으며, 철과 같은 금속을 끌어당기는 신기한 물체예요. [2문단] 자석은 냉장고와 나침반 등 우리 일상에서 다양한 용도로 사용됩니다.

73쪽

1 전자석 2 전자석은 전류가 흐르면 자석처럼 물체를 끌어당기고, 전류를 끊으면 원래 상태로 돌아가는 자석이에요. 3 [1문단] 전자석은 전류를 사용해 자석처럼 작동하며, 그

힘을 쉽게 조절할 수 있습니다. [2문단] 전자석은 기차와 크레인 등 여러 큰 기계에서 중요한 역할을 합니다.

74쪽

1 태양 2 태양은 지구에서 가장 가까운 별로, 낮 하늘에서 가장 밝게 보이며, 생명체가 살 수 있도록 빛과 열을 제공해요. 3 [1문단] 태양은 지구와 가장 가까운 별로 낮에 하늘에서 가장 밝게 보이며, 태양빛에는 자외선과 가시광선이 있어요. [2문단] 태양은 식물과 사람들이 살아가는 데 꼭 필요합니다.

75쪽

1 달 2 달은 밤하늘에 가장 밝게 빛나는 천체이자 지구의 위성이에요. 3 [1문단] 달은 지구 주위를 도는 위성으로, 표면은 울퉁불퉁한 바위와 먼지로 덮여 있어요. [2문단] 달은 날마다 모양이 변하며, 과학자들은 달을 탐사하기 위해 우주선을 보냈어요.

76쪽

1 우주 2 우주는 우리가 사는 지구와 태양, 그리고 수많은 천체가 있는 아주 넓은 공간이에요. 3 [1문단] 우주는 은하들과 암흑 물질, 가스 등으로 이루어져 있어요. [2문단] 과학자들은 우주를 이해하기 위해 계속해서 우주를 연구합니다.

77쪽

1 태양계 2 태양계는 태양과 태양을 중심으로 도는 행성과 위성 등 여러 천체들을 말해

요. 3 [1문단] 태양계에 속한 행성은 지구를 포함해 모두 8개이며, 각각 크기와 온도 등이 모두 달라요. [2문단] 태양계에는 행성뿐만 아니라 소행성과 혜성 같은 작은 천체들도 포함되어 있습니다.

78쪽

1 스마트폰 2 스마트폰은 다양한 컴퓨터 지원 기능이 추가된 휴대 전화예요. 3 [1문단] 다양한 기능을 제공하는 스마트폰 덕분에 우리는 필요한 정보를 쉽게 찾고 다른 사람과 쉽게 소통할 수 있어요. [2문단] 스마트폰은 유용한 도구이지만 건강을 해칠 수 있으니 사용 시간을 정해 사용하는 것이 좋습니다.

79쪽

1 스마트 홈 2 스마트 홈은 집 안의 여러 기기와 장치들이 인터넷으로 연결되어 작동하는 기술을 의미해요. 3 [1문단] 스마트 홈은 집 안의 기기가 인터넷으로 연결되어 편리하게 사용할 수 있는 기술입니다. [2문단] 신뢰할 수 있는 스마트 홈 기기를 사용하여 개인 정보를 잘 관리하는 것이 중요합니다.

80쪽

1 자율 주행 자동차 2 자율 주행 자동차는 운전자가 조작하지 않아도 스스로 움직일 수 있는 똑똑한 자동차예요. 3 [1문단] 자율 주행 자동차는 카메라와 센서를 사용하여 스스로 목적지까지 달리는 자동차입니다. [2문단] 자율 주행 자동차는 안전하게 운행하며 시간을 더 효율적으로 사용할 수 있도록 도와줄 것입

니다.

81쪽

1 하이퍼루프 2 하이퍼루프는 사람이나 물건을 매우 빠르게 이동시킬 수 있는 새로운 교통수단이에요. 3 [1문단] 하이퍼루프는 튜브 안을 진공 상태로 만들어 공기의 저항을 줄이고 사람이나 물건을 매우 빨리 이동시키는 새로운 교통수단이에요. [2문단] 하이퍼루프는 여행을 더 편리하게 만들고 교통 체증을 줄일 수 있습니다.

82쪽

1 인공 지능 2 인공 지능은 컴퓨터가 마치 사람처럼 스스로 배우고 생각하며 행동하는 시스템을 뜻해요. 3 [1문단] 인공 지능은 많은 데이터를 바탕으로 스스로 학습하며 어려운 문제를 해결하는 데 도움을 줘요. [2문단] 인공 지능은 생활을 더 편리하게 만들지만 개인 정보가 유출되거나 가짜 정보를 퍼뜨릴 수 있으니 주의해서 사용해야 해요.

83쪽

1 양자 컴퓨터 2 양자 컴퓨터는 '큐비트'라는 입자를 사용해 0과 1을 동시에 처리할 수 있습니다. 3 [1문단] 양자 컴퓨터는 큐비트를 사용해 복잡한 문제를 빠르게 해결할 수 있습니다. [2문단] 양자 컴퓨터는 신약 개발, 날씨 예측, 환경 문제와 같은 분야에서 큰 역할을 할 것입니다.

84쪽

1 유전자 2 유전자는 생명체의 특성을 물려주는 유전 정보를 담고 있는 물질이에요. 3 [1문단] 유전자는 우리 몸의 모든 것을 결정하는 정보로, 생김새와 성격에 영향을 미칩니다. [2문단] 유전자는 DNA의 한 부분이며 생명체의 성장과 특성을 결정하는 존재입니다.

85쪽

1 백신 2 백신은 우리 몸을 질병으로부터 보호하기 위해 몸에 미리 세균이나 바이러스를 약하게 만들어 넣는 물질이이에요. 3 [1문단] 백신에 있는 항원은 세균이나 바이러스의 일부를 매우 약하게 만들어 몸에 미리 넣어서, 면역 시스템이 미리 병을 기억하고 대비하게 해요. [2문단] 백신을 맞으면 몸속에서 항체가 생겨서 질병으로부터 몸을 안전하게 지킬 수 있습니다.

86쪽

1 자연수 2 자연수는 1, 2, 3처럼 1씩 더해가며 커지는 모든 수를 뜻해요. 3 [1문단] 자연수는 우리가 일상생활에서 물건을 셀 때 쓰는 가장 기본적인 수로, 1씩 더해 가며 커져요. [2문단] 자연수는 1부터 시작해 끝이 없으며, 개수를 세는 데 중요한 역할을 합니다.

87쪽

1 소수 2 소수는 1과 자기 자신 외에는 어떤 수로도 나누어떨어지지 않는 숫자예요. 3 [1문단] 소수는 1과 자기 자신만으로 나누어떨어지는 숫자로 무한히 많으며 수학에서 중요합니다. [2문단] 수학 놀이를 할 때 소수를 활용하면 숫자 세계를 폭넓고 흥미롭게 이해할 수 있어요.

88쪽

1 사칙 연산 2 사칙 연산은 수학에서 가장 기본적인 계산법으로 덧셈, 뺄셈, 곱셈, 나눗셈을 이용하는 셈입니다. 3 [1문단] 사칙 연산은 오래전부터 사람들의 생활에서 중요한 역할을 했습니다. [2문단] 고대 문명에서 사칙 연산이 사용되었으며, 오늘날 수학의 기초가 되었습니다.

89쪽

1 나라별 연산법 2 나라별로 다른 연산법은 수학을 다양한 방식으로 접근하도록 도와줍니다. 3 [1문단] 수학은 우리가 세상을 이해하는 데 도움을 주는 중요한 도구입니다. [2문단] 나라별로 다양한 연산법 덕분에 수학은 더 재미있고 창의적으로 탐구할 수 있고, 세상을 더 잘 이해할 수 있어요.

90쪽

1 거리 측정 2 거리 측정은 거리를 자 외에도 손과 발, 빛이 이동하는 시간 등을 다양하게 활용하여 할 수 있어요. 3 [1문단] 거리 측정은 줄자 외에도 손과 발을 사용해 할 수 있으며, 천체의 거리는 빛이 이동하는 시간을 이용합니다. [2문단] 거리 측정은 우리가 우주를 비롯해 세상을 탐구하고 이해하는 데 도움이 됩니다.

1 시간 2 시간은 시, 분, 초, 일, 월 등의 단위로 나뉩니다. 3 [1문단] 시계는 시간을 시, 분, 초 단위로 나누어 보여 주며 1시간을 60분, 1분을 60초로 구분할 수 있습니다. [2문단] 시간을 단위로 나누어 활용하면 시간을 효율적으로 사용할 수 있습니다.

1 각도 2 각도는 각의 크기를 뜻하며, 원의 둘레를 360등분한 것을 1도로 나타내요. 3 [1문단] 각도는 원의 둘레를 360등분한 것을 1도로 나타내고, 각도기로 잴 수 있어요. [2문단] 각도는 다양한 상황에서 유용하게 쓰이며 생활을 편리하게 도와줍니다.

1 유사성 2 유사성은 서로 비슷한 성질을 말해요. 3 [1문단] 똑같지는 않지만 비슷한 것을 두고 유사하다고 합니다. [2문단] 유사성을 찾는 것은 문제 해결과 배움에 큰 도움이 됩니다.

1 패턴 2 패턴은 반복되는 규칙으로 만들어진 모양이나 순서를 말해요. 3 [1문단] 패턴은 반복되는 규칙으로 나타나며, 자연과 일상에서 쉽게 찾을 수 있어요. [2문단] 패턴은 다양한 곳에서 찾을 수 있으며, 이를 이해하면 예측과 계획에 유용해 수학과 과학에서도 중요합니다.

1 자연에 숨은 수의 규칙 2 자연에 숨은 수의 규칙으로 수학과 생활이 밀접하게 연결되어 있음을 알 수 있어요. 3 [1문단] 나무의 나이테는 나무의 나이를 숫자로 알 수 있는 자연의 규칙입니다. [2문단] 해바라기 씨앗의 배열처럼 자연에 숨은 규칙은 수학과 생활이 연결되어 있음을 보여 줍니다.

1 비교 2 비교는 두 가지 이상의 것을 서로 살펴보며 차이점과 공통점 등을 종합적으로 알아보는 일이에요. 3 [1문단] 비교는 사물을 종합적으로 살펴 각각의 특징을 더 잘 이해하는 데 도움을 줍니다. [2문단] 비교를 잘하면 무언가를 선택해야 할 때 실수를 줄일 수 있어 생활에 도움이 됩니다.

1 대조 2 대조는 두 가지 이상의 것을 맞대어 차이점을 찾아보는 일이에요. 3 [1문단] 대조는 사물의 서로 다른 특징을 찾아내는 방법이에요. [2문단] 대조는 어떤 일을 할 때 우리가 더 좋은 방법을 찾아낼 수 있도록 도와줘요.

1 호기심 2 호기심은 세상을 더 자세히 알고 싶어 하는 마음이에요. 3 [1문단] 호기심은 궁금증을 바탕으로 새로운 지식을 배우고 발전할 수 있게 도와줘요. [2문단] 호기심은 작은 것에서 시작되어 새로운 배움의 기회를 만들어 줘요.

99쪽

1 하브루타 2 하브루타는 친구나 가족과 함께 서로 질문하고 대답하며 배우는 교육 방법으로 유대인들이 오랫동안 사용해 왔어요. 3 [1문단] 하브루타는 질문과 대답을 통해 서로 배우고 생각을 키우는 교육 방법이에요. [2문단] 하브루타는 장점이 많은 교육 방법이에요.

100쪽

1 진화 2 진화는 생명체들이 환경에 적응하면서 바뀌어 온 과정을 뜻해요. 3 [1문단] 진화는 생명체가 살아남고 번성할 수 있게 도와주는 중요한 과정이에요. [2문단] 진화는 오랜 시간 진행되며 생명의 변화와 적응을 이해하는 중요한 열쇠입니다.

101쪽

1 멸종 2 멸종은 어떤 종의 생명체가 지구에서 살아남지 못하고 아예 사라지는 것을 뜻합니다. 3 [1문단] 멸종은 어떤 종의 생명체가 지구에서 전부 사라지는 것을 뜻하며, 환경 변화나 인간의 활동으로 인해 발생할 수 있습니다. [2문단] 생물들은 서로 연결되어 어떤 동물이 사라지면 다른 생물도 영향을 받으므로, 우리는 멸종을 막기 위해 노력해야 합니다.

102쪽

1 광합성 2 광합성은 식물이 햇빛과 물을 이용해 에너지를 만드는 과정을 가리킵니다. 3 [1문단] 식물은 광합성을 통해 에너지를 만들고 산소를 방출합니다. [2문단] 식물이 자라며 광합성을 하는 덕분에 건강한 지구가 됩니다.

103쪽

1 극한 환경 속 식물 2 극한 환경 속에서 사는 식물들은 어려운 조건에서도 살아남은 특별한 생명체입니다. 3 [1문단] 극한 환경 속 식물은 사막이나 극지방에서도 살아남을 수 있는 능력이 있습니다. [2문단] 이러한 식물들은 극한 환경에서 살 수 있는 구조로 진화했으며 살아남아 생태계의 균형을 유지해요.

104쪽

1 한살이 2 모든 생명체가 태어나서 자라고 자손을 남기고 죽을 때까지의 과정을 '한살이'라고 불러요. 3 [1문단] 한살이는 생명체가 태어나 자라며 겪는 모든 과정을 말합니다. [2문단] 동물과 식물의 한살이를 살피다 보면 주변에 존재하는 생명의 소중함을 느끼게 됩니다.

105쪽

1 변태 2 변태는 성체가 되면서 모양과 생태가 완전히 바뀌는 동물의 변화예요. 3 [1문단] 변태는 동물이 성장하며 모양과 생태가 크게 바뀌는 과정입니다. [2문단] 개구리는 올챙이에서 다리를 가진 성체가 되는 변태를 겪습니다.

106쪽

1 먹이사슬 2 생명들이 서로 먹고 먹히며 이어지는 관계를 '먹이사슬'이라고 부릅니다. 3 [1문단] 먹이사슬은 생명체들이 서로 먹고 먹히며 이어지는 생물 간의 관계입니다. [2문단] 먹이사슬은 생태계의 균형을 유지하는 데 큰 역할을 합니다.

1 미생물 2 미생물은 아주 작아서 눈으로는 볼 수 없는 생명체예요. 미생물은 흙 속, 물 속, 몸속과 같이 우리 주변 어디에나 존재하지요. 3 [1문단] 미생물은 눈에 보이지 않지만, 자연과 우리의 삶에 큰 역할을 합니다. [2문단] 미생물 가운데 일부는 병을 일으킬 수 있지만, 미생물은 자연을 유지하는 데 꼭 필요합니다.

1 공기 2 공기는 산소, 질소, 이산화탄소 등으로 이루어져 생명과 환경을 지탱하는 가장 중요한 자원이에요. 3 [1문단] 공기는 사람의 생명을 지키고 식물이 자라는 데 중요한 역할을 합니다. [2문단] 공기는 다양한 성분으로 이루어져 생명이 살아갈 수 있게 하고, 환경을 지탱하는 자원입니다.

1 대기 오염 2 대기 오염은 공기 속에 먼지나 유해 물질이 섞이는 현상이에요. 3 [1문단] 대기 오염은 유해 물질로 공기가 오염되는 현상으로 건강에 해롭습니다. [2문단] 대기 오염은 환경에도 영향을 주며, 모두가 함께 해결해야 합니다.

1 물 2 물은 우리 주변 어디에나 있고, 모든 생명에게 꼭 필요해요. 3 [1문단] 물은 생명체들이 살아가도록 돕고 자연의 순환에 중요한 역할을 합니다. [2문단] 물은 지구 곳곳에 있으며, 깨끗하게 아껴야 모든 생명과 환경을 지킬 수 있어요.

1 물 2 물은 온도에 따라 액체, 기체, 고체로 다양하게 변합니다. 3 [1문단] 물은 온도에 따라 액체, 기체, 고체로 변합니다. [2문단] 물의 변화는 자연이 순환하는 데 중요한 역할을 해요.

1 숲 2 숲은 나무와 다양한 식물들이 모여 사는 자연의 집이에요. 3 [1문단] 숲에는 다양한 생명들이 모여 살며 우리에게 산소와 쉼터를 제공해 줘요. [2문단] 숲은 숲속 다양한 생명체들이 어우러져 살아가는 공간이에요.

1 지진 2 지진은 땅속 깊은 곳에서 일어난 힘이 땅 위로 전달될 때 생겨요. 3 [1문단] 지진은 지구 속에 숨어 있던 힘이 갑자기 터져 나와 땅이 흔들리는 현상이에요. [2문단] 지진이 강할 때는 큰 피해가 발생할 수 있으니 침착하게 대처해야 해요.

1 바다 2 바다는 지구에서 육지를 제외한 부분으로, 지구 표면의 약 70퍼센트를 차지하며 짠맛을 내는 바닷물로 이루어져 있어요. 3 [1문단] 바다는 생명체들이 살기에 적합한 다양한 환경이 있어요. [2문단] 바다는 물을 순환시키고 기온을 조절하여 생명체들이 적응할

수 있는 환경을 만들어요.

115쪽

1 제로 웨이스트 2 제로 웨이스트는 환경을 지키기 위해 우리가 소비하는 쓰레기를 줄이는 운동이에요. 3 [1문단] 제로 웨이스트는 작은 실천을 통해 쓰레기를 줄여 환경을 지키는 운동이에요. [2문단] 자원을 재활용하거나 재사용해 낭비를 줄이고 깨끗한 지구를 만들어야 합니다.